L'HÔTEL D'AUMONT

CHARLES SELLIER

Conservateur adjoint du Musée Carnavalet

L'HOTEL D'AUMONT

A PARIS

PUBLIÉ PAR « LA PHARMACIE CENTRALE DE FRANCE »

Sous les auspices de M. CHARLES BUCHET

Directeur-Gérant

7, rue de Jouy, 7, à l'Hôtel d'Aumont

—

1903

ENTRÉE DE L'HÔTEL D'AUMONT, 7, RUE DE JOUY

L'HÔTEL D'AUMONT

U numéro 7 de la rue de Jouy, une des rues les plus calmes de l'ancien quartier de la Mortellerie, on remarque une grand'porte en plein-cintre, rehaussée de refends : c'est l'entrée de l'*Hôtel d'Aumont*, aujourd'hui le siège de la *Pharmacie Centrale de France*. Si l'on franchit le seuil de cette porte monumentale, on pénètre dans une cour rectangulaire, assez vaste, bordée de magnifiques corps de logis, dont les façades, d'aspect imposant et magistral, reflètent, sous la grise patine du temps, cet air de grandeur qui est la caractéristique de leur époque. Dans cette cour silencieuse où deux siècles et demi ont passé, l'imagination se plairait à voir apparaître, en leurs brillants équipages, galants cavaliers et « honnestes » dames, maréchaux opulents et superbes duchesses du temps jadis. Mais... où sont les neiges d'antan ! Il ne reste plus ici, de tout ce monde disparu que des titres inédits et des parchemins oubliés. Qu'il nous soit donc permis d'en remuer la poussière ; nous y retrouverons les souvenirs perdus, qu'à défaut d'historiens, des notaires ont enregistrés et authentiqués.

Il y a douze à treize cents ans, l'emplacement sur lequel a été construit l'*Hôtel d'Aumont*, faisait partie d'un domaine assez étendu, appelé *culture Saint-Eloi*, par suite de la concession que le roi Dagobert en fit, à titre de dotation, au prieuré de filles que saint Eloi venait de fonder dans la Cité, vis-à-vis du Palais [1]. Ce monastère ayant pris, dès le début, une assez grande importance, les religieuses n'y eurent bientôt plus assez de place pour leurs inhumations, et furent obligées de consacrer une parcelle de leur culture à cet usage. Une chapelle cémétériale dédiée à saint Paul l'apôtre, accompagna aussitôt ce champ de sépulture, dont l'accès donnait sur un chemin conduisant de la Seine à l'ancienne voie gallo-romaine, devenue la *rue Saint-Antoine* [2] ; depuis lors, ce chemin s'est appelé la rue *Saint-Paul*. Au fur et à mesure que la culture Saint-Eloi se peupla, le sanctuaire mérovingien de Saint-Paul s'agrandit si bien qu'il ne tarda pas à devenir église paroissiale [3].

Entre temps, un autre chemin s'était embranché, à hauteur de la rue Tiron, sur la partie de la rue Saint-Antoine appelée de nos jours, *rue François-Miron* [4], et venait aboutir rue Saint-Paul, en face de l'église passée désormais la patronale du

(1) Au xiie siècle, le monastère de Saint-Éloi passa aux mains des moines de Saint-Maur-des-Fossés; en 1629, des barnabites y remplacèrent ceux-ci ; ils s'en trouvaient encore possesseurs lorsqu'ils furent supprimés en 1790. L'ancienne église du couvent des barnabites a été démolie, il y a quelque quarante ans, lors de la percée du boulevard du Palais ; son portail a été depuis transporté à l'église des Blancs-Manteaux.

(2) Voir notre Rapport sur les fouilles exécutées sous la rue Saint-Antoine pour la construction du chemin de fer métropolitain, publié dans les *Procès verbaux de la Commission du « Vieux Paris »*, année 1899, p. 310 à 312.

(3) L'église Saint-Paul, dont l'entrée était située rue Saint-Paul, à droite du passage Saint-Pierre, a été démolie en 1807, comme étant trop délabrée pour pouvoir être rendue au culte à titre de paroisse. Lors du Concordat, elle avait été du reste remplacée par l'ancienne église des Jésuites de la rue Saint-Antoine, qui joignit, dès lors, à son ancien vocable de Saint-Louis celui de Saint-Paul ; d'où son appellation moderne d'*église Saint-Paul-Saint-Louis*.

(4) François Miron, prévôt des marchands de 1604 à 1606.

quartier. Cette traverse est évidemment plus ancienne que l'enceinte de Philippe-Auguste qui la barrait vers la rue Saint-Paul, et qui l'aurait interceptée de ce côté, si une poterne, ou fausse porte, n'eût été pratiquée dans cette muraille : d'où le nom, donné primitivement au tronçon extra muros de ce chemin, de *rue de la Poterne* ou *de la Fausse-Poterne-Saint-Paul*, ou bien encore de *rue de l'Archet-Saint-Paul*, parce que cette porte était voûtée en archet, c'est-à-dire en arcade [1]. Quant au surplus intra muros dudit chemin, c'est-à-dire sa majeure partie, on le voit, au xiiie siècle, porter deux appellations différentes. Ainsi, depuis la poterne Saint-Paul jusqu'à la rue des Nonnains d'Hyères, ce chemin est indiqué par Guillot, poète-viographe de ce temps-là, sous le nom de *rue des Poulies-Saint-Paul* [2] : ici le mot *poulies* rappelle les anciens appareils à ramager les draps ou autres étoffes, et signifie que cette industrie, jadis très parisienne, existait dans ces parages [3]. Enfin, depuis la rue des Nonnains d'Hyères jusqu'à la rue Saint-Antoine (rue François-Miron), le même chemin devenait la *rue de Jouy* ; c'est encore le même rimeur qui nous l'apprend par les vers suivants :

> Parmi la rue du Figuier,
> Et parmi la rue à Nonnains
> D'Iére, [*je*] vi chevaucher deus nains
> Qui moult estoient esjoÿ ;
> Puis truis [*trouvai*] la *rue de Joÿ*,
> Et la rue Frogier-Lasnier (4).

---

(1) Il ne reste plus de cette porte que le quart d'une des deux tours circulaires qui la flanquaient ; ce vestige de l'enceinte de Philippe-Auguste est encore quelque peu visible rue Charlemagne, et fait partie du mur mitoyen qui sépare le petit lycée Charlemagne de la maison voisine, vers l'entrée de la rue des Jardins.

(2) Voir le *Dict des rues de Paris* de Guillot, édition de M. Edgar Mareuse, page 76.

(3) Voir le *Glossarium* de Ducange au mot *poliæ*. — Plusieurs autres anciennes rues de Paris ont aussi porté jadis le nom de *rue des Poulies* : on peut citer, entre autres, la rue du Louvre et la rue des Francs-Bourgeois.

(4) Le *Dict. des rues de Paris*, loc. cit., p. 78, 79. — La rue *Frogier-Lasnier* est devenue par altération la rue *Geoffroy-Lasnier*.

2

Un peu plus tard, la dénomination de *rue de Jouy* s'étendit jusqu'à la poterne Saint-Paul, et ce n'est qu'à partir du xviie siècle que l'ancienne rue des Poulies-Saint-Paul, parce que le presbytère de Saint-Paul y était situé, prit le nom de *rue des Prêtres-Saint-Paul*, qu'elle a gardé jusqu'en 1844 où elle reçut celui de *rue Charlemagne*, en raison du voisinage du lycée Charlemagne.

Suivant les historiens Sauval et Jaillot, la rue de Jouy doit son nom à l'hôtel que l'abbé et les religieux de Jouy y avaient eu presque de tout temps ; on l'appelait aussi, aux xiiie et xive siècles, la *rue à l'Abbé-de-Joÿ* [1]. Cependant la maison abbatiale de Jouy n'était pas la seule de son genre dans cette rue, témoin l'ancien logis des abbés de Chaalis [2], dont les salles-basses gothiques subsistent encore en partie au numéro 14, où aboutit un passage de l'hôtel de Beauvais, dont on admire toujours la belle ordonnance au numéro 62 de la rue François-Miron [3]. La rue de Jouy n'était pas non plus la seule du quartier à posséder un hôtel d'abbé. Ainsi la *rue Tiron* doit son nom à une grande maison qu'on y avait bâtie et qui appartenait à l'abbé de Tiron [4] dès l'année 1270 ; on en voyait encore la porte subsister à la fin du xviiie siècle. Au numéro 19 de la rue Geoffroy-Lasnier existe encore l'hôtel des abbés de Preuilly [5]. Depuis 1182, les abbesses d'Hyères [6] avaient aussi leur maison

(1) Sauval, *Antiquités de Paris*, t. 1er, p. 144 ; — Jaillot, *Recherches historiques, topographiques et critiques sur Paris*, t. III, *Quartier Saint-Paul*, p. 19. — Jouy-l'Abbaye (Seine-et-Marne), arrondissement et canton de Provins (Brie champenoise). L'abbaye de Jouy était un couvent de cisterciens, qui dépendait du diocèse de Sens.

(2) Abbaye de Chaalis, ancien couvent de bernardins, situé dans le Valois (Oise), diocèse de Senlis.

(3) Jules Cousin, *L'Hôtel de Beauvais*, publié dans la *Revue universelle des arts*, t. XX, p. 79 et 145.

(4) Tiron ou Thiron, commune et chef-lieu de canton, arrondissement de Nogent-le-Rotrou (Eure-et-Loir).

(5) Preuilly, commune et chef-lieu de canton, arrondissement de Loches (Indre-et-Loire).

(6) Hyères, ou plutôt Yerres, commune, canton de Boissy-Saint-Léger, arrondissement de Corbeil (Seine-et-Oise).

dans une rue du voisinage, qui prit de ce fait le nom de *rue des Nonnains d'Hyères ;* c'est là que les religieuses d'Hyères se retiraient en temps de troubles ; pendant la paix, c'était la demeure tant de leur procureur, solliciteur, receveur, que de leurs serviteurs et de leurs messagers lorsqu'ils venaient à Paris pour les affaires du couvent, ainsi qu'en parlent les anciens titres et en ces propres termes [1].

Pour ne point permettre de confondre l'emplacement de l'hôtel d'Aumont avec celui de l'hôtel de Jouy, dont on ne connaît plus guère de trace, il convient, à présent, d'indiquer où pouvait bien se trouver celui-ci. Tout d'abord, un document du XIIIe siècle, transcrit dans un cartulaire de Saint-Eloi du même temps, sous le titre : « *C'est l'ordenance au prieur de* « *S. Eloy de Paris, comment la terre de S. Pol et d'aillieurs doibt* « *estre esbournée* », nous permet de résoudre suffisamment la question. En effet, après avoir fait partir de la porte Baudoyer [2] les limites de ce bornage, ce document nous les montre plus loin se continuant ainsi vers l'est : « Item, si devra aller à la « meson Richart le charbonnier, laquelle est de S. Eloy, qui « joint à la meson Guillaume Roussiau le pelletier, qui est an « l'antrée de la meson à la Guespine, à main destre, tout an « suivant jusques à la *meson de Joï.* Item, si devon retourner « de l'autre part de la voie, à main senestre, à la meson au « barbier, qui est de S. Eloy, laquelle fait le coignon de ladite « rue (de Jouy) et de la rue S. Anthoine, tout an suivant « jusques au coignon de la rue Perciée (rue du Prévôt). . . . . » [3]

La « meson de Joï », ainsi rencontrée à main droite en

(1) Sauval, *loc. cit.*, t. II, p. 270.

(2) Cette porte Baudoyer faisait partie de l'enceinte capétienne qui précéda celle de Philippe-Auguste ; elle marquait l'extrémité de la rue Saint-Antoine ; la place Baudoyer actuelle occupe son emplacement. Lorsque l'enceinte de Philippe-Auguste fut construite, le nom de cette porte fut alors transporté à la porte ouverte aussi sur la rue Saint-Antoine, à hauteur du point aujourd'hui marqué par l'entrée du lycée Charlemagne ; cette seconde porte Baudoyer s'appela aussi porte Saint-Antoine.

(3) Archives Nationales, LL. 75, f° 6 recto.

allant vers Saint-Paul, c'est-à-dire du côté des numéros impairs
actuels de la rue de Jouy, se trouvait donc située entre la
« meson à la Guespine », dont l'impasse de ce nom marque,
depuis lors, la place ou la proximité, et la rue des Nonnains
d'Hyères, où les limites du bornage en question n'atteignaient
pas, puisque de la maison de Jouy elles retournaient brus-
quement de l'autre côté de la voie pour gagner le coin des rues
de Jouy et de Saint-Antoine. Ceci posé, on peut enfin achever
de déterminer, avec une approximation suffisante, la situation
exacte de l'hôtel de Jouy, grâce à des documents qu'il est
facile d'invoquer. Mais avant tout, il devient impossible de
confondre cet hôtel avec celui d'Aumont, grâce encore au texte
suivant de Sauval : « L'hôtel de Jouy, qui a communiqué son
« nom à la rue où il était, tombant en ruines en 1658, et
« n'étant loué que 50 livres par bail emphytéotique, le sieur
« Pierre de Bellièvre, qui en était abbé commendataire, obtint
« du roi la permission de l'aliéner, qu'il fit enregistrer au
« Parlement dans les registres des Ordonnances. » [1]

Ainsi nous verrons, par les anciens titres de propriété de
l'hôtel d'Aumont, que celui-ci, en 1658, appartenait déjà depuis
plusieurs années au maréchal Antoine duc d'Aumont, et qu'aucun
de ses attenants et aboutissants n'était l'hôtel de Jouy. Bien plus,
en suivant vers Saint-Paul, il ne restait plus que deux maisons
de ce côté de la rue de Jouy, avant d'aboutir rue des Nonnains
d'Hyères ; mais elles étaient vraiment trop peu importantes
pour avoir pu convenir au logement des abbés de Jouy ; d'ailleurs elles formaient angle et retour sur la rue des Nonnains

---

(1) Sauval, *loc. cit.*, t. 1er, p. 144 ; t. II, p. 269. — Pierre de Bellièvre, seigneur de
Grignon, fils de Nicolas de Bellièvre, président à mortier, et petit-fils de Pomponne de
Bellièvre, chancelier de France sous Henri IV, fut conseiller au Parlement, président
aux requêtes du Palais, ambassadeur extraordinaire en Angleterre, succéda à son oncle
Albert de Bellièvre comme abbé commendataire de Jouy, et mourut en 1683, âgé
de 72 ans. (Voir l'*Histoire généalogique* du P. Anselme et le *Dictionnaire de la
noblesse* de La Chesnaye-Desbois.)

d'Hyères, et nous venons de constater que l'ancien bornage
de la terre de Saint-Paul, qui limitait ici la censive de
Saint-Eloi, n'atteignait pas jusque-là. Enfin, de l'autre côté de
l'hôtel d'Aumont, l'hôtel de Fourcy, comme nous le consta-
terons par la suite, se trouvait déjà depuis longtemps bâti.
Conséquemment l'hôtel de Jouy ne pouvait exister qu'entre
l'hôtel de Fourcy et l'impasse Guépine, c'est-à-dire dans la
censive de Saint-Eloi, comprise dans celle de l'évêque de
Paris dès le xive siècle. Or, le terrier du Roi de 1700 indique
précisément que la censive de l'archevêché s'arrêtait à l'hôtel
de Fourcy, où commençait la censive du roi, laquelle comprenait la majeure partie de l'hôtel d'Aumont, d'où elle s'étendait bien au delà de la rue des Nonnains d'Hyères [1]. Une
justification de notre dire, relative à l'emplacement de l'hôtel
de Jouy, se rencontre encore dans une charte du mois de
juillet 1342, par laquelle Philippe VI de Valois, en récompense
des services que lui rend son chambellan, Jean seigneur d'Andresel, lui donne la maison qui fut à Gilles Granche, chevalier;
laquelle maison était « séant à Paris, entre la porte Baudoyer et
« la porte Saint-Anthoine, à l'opposite de la dame de la Saussoie,
« rue Saint-Antoine, et aboutissant par derrière devant la
« maison des religieux de Jouy »[2] : ce qui montre suffisamment que la maison, ainsi octroyée audit seigneur d'Andresel,
ne pouvait être située autre part que dans la pointe formée par
les rues Saint-Antoine et de Jouy, vis-à-vis l'hôtel de Jouy et
contre la maison du coin, mentionnée au bornage de la terre
de Saint-Paul, comme étant de la censive de Saint-Eloi et
appartenant à un barbier. Mais nous pouvons encore mieux
préciser l'emplacement en question, car nous verrons aussi,
plus loin, que l'hôtel de Fourcy, anciennement la maison à

---

(1) Archives Nationales, Q 1* 1099 10 *.
(2) M. Jules Viard, *Documents parisiens du règne de Philippe VI de Valois*, t. II,
p. 168, 169.

l'enseigne de *l'Ermitage,* ne touchait pas encore l'hôtel de Jouy, mais en était séparé tout au moins par la maison à l'enseigne *du Grégeois,* dont la place est marquée aujourd'hui par le numéro 11 de la rue de Jouy(¹) : ce qui reporte évidemment l'hôtel de Jouy vers les numéros 13, 15 et 17.

Ainsi, nous connaissons déjà des maisons de la rue de Jouy, aux xiiie et xive siècles, d'abord celles de la Guépine et de Jouy d'un côté de la voie ; puis l'hôtel des abbés de Chaalis, la maison de Jean d'Andresel et celle du barbier, sur le côté opposé : soit en tout cinq maisons seulement ; mais la rue de Jouy en comptait certainement un plus grand nombre. Des titres du prieuré de Saint-Eloi, faisant partie des archives de l'archevêché, en mentionnent bien d'autres, dont les suivantes : 1° trois maisons sur lesquelles Adam Paridan, leur propriétaire, fait une donation de 40 sous parisis de rente aux religieux de l'abbaye de Notre-Dame de Chage (diocèse de Meaux), le 16 juin 1335 ; — 2° la maison attenant d'une part à celle qui fut à la Belle Alips, et d'autre à Marie de Cambray, aboutissant à l'abbé de Jouy, et sur laquelle son propriétaire, Jean de Chartres, marchand de vin, vend à Guillaume de Vanves, bourgeois de Paris, 4 livres 14 sous et 8 deniers parisis de rente, le 8 juin 1336 ; — 3° la maison qui fut à Guillaume Huré, maçon, tenant d'une part au « *manoir* » de dame des Barres et d'autre part à la grange de Thibaut Clément, sur laquelle son propriétaire, Sançon, vend 71 sous parisis de rente à la veuve de Guillaume de Vanves, le 5 juin 1338 ; — 4° la maison à l'enseigne de *la Fleur de lys* et celle dite de *la Pomme,* toutes deux s'entretenant, et sur chacune desquelles leur propriétaire, Jean Gaucher, fripier, vend une rente de 20 sous parisis à Jacques Nivelle, prêtre et secrétaire de l'évêque de Paris, les 7

_____

(1) Voir Titres de propriété de la Pharmacie Centrale de France, *Sentence du Trésor, du 1er août 1624.*

et 25 juin 1392 [1] ; — soit donc ensemble, sept autres maisons de la censive de Saint-Eloi.

La rue de Jouy, avec ses abords et quelques-unes de ses plus anciennes maisons, étant ainsi quelque peu définie pour les besoins de l'étude que nous consacrons à l'hôtel d'Aumont, nous ne devons tarder plus longtemps d'entrer en matière.

*
* *

Le plus ancien titre de propriété que nous connaissions concernant l'hôtel d'Aumont est une sentence du Châtelet, en date du 28 février 1428 (nouveau style), [2] maintenant aux marguilliers de l'église Saint-Gervais la propriété d' « une « maison à appentiz (auvent) sur rue, ... assise à Paris, en la « rue de Jouy, qui fu (à) maistre Pierre Cousinot, appelée « la *maison au Dé*, tenant d'une part à M⁰ Jehan de Conflans, « et d'aultre part à Guillemette, vefve de feu Pierre le Barbier, « aboutissant par derrière au jardin dudict M⁰ Jehan de « Conflans : .... » à charge pour lesdits marguilliers de continuer à payer chaque année, à l'Hôtel-Dieu, une rente de 26 sous 8 deniers parisis, que celui-ci avait droit de prendre sur cette maison, indépendamment des arrérages échus depuis quatre ans et trois termes [3]. Comme nous l'expliquerons plus loin, cette maison, avec celle de Jean de Conflans, faisait partie de l'emplacement où, deux siècles plus tard, s'éleva l'hôtel d'Aumont.

Or, dès le commencement du xvᵉ siècle, vivait à Paris une

(1) Archives Nationales, S. 1085 ᴮ, pièces nᵒˢ 22, 23, 24, 25, 26, 27 et 28.

(2) Jusqu'en 1582, époque où le pape Grégoire XIII réforma le calendrier en faisant partir l'année du premier Janvier, les titres de propriété de la Pharmacie Centrale de France, antérieurs à cette réforme, se trouvent datés suivant le calendrier Julien, où l'année commence le jour de Pâques ; en conséquence, nous avons rétabli les dates de ces titres d'après le calendrier Grégorien, c'est-à-dire d'après le *nouveau style*, toutes les fois que ces dates tombaient avant le jour de Pâques.

(3) Titres de propriété de la Pharmacie Centrale de France, *Sentence du Châtelet du 28 février 1428* (n. st.).

famille de notables magistrats du nom de Cousinot, originaires
d'Auxerre, en tête desquels apparaît Pierre Ier, procureur du roi
en cette ville, anobli en 1411, et qui aurait été le père de
Pierre II et de Guillaume Ier, honorablement mentionnés dans les
chroniques du temps. Pierre II est vraisemblablement l'ancien
propriétaire sus-mentionné de la maison *au Dé ;* il naquit vers
1380 et fut procureur-général au parlement de Paris. C'est en
cette qualité que, lorsque le parlement fut transféré à Poitiers,
il soutint les *Libertés gallicanes*, contre le roi lui-même, en
s'opposant à l'enregistrement de l'ordonnance du 14 février 1425
(nouv. st.) [1]. Son frère, Guillaume Ier, fut d'abord avocat
au parlement de Paris, en 1405. Deux ans après, Louis d'Orléans ayant été assassiné par ordre de son cousin Jean-sans-Peur,
un docteur en théologie, Jean Petit, fit publiquement l'apologie de
ce crime. Mais bientôt, sur les instances de Valentine de Milan,
veuve de la victime, une nouvelle assemblée fut convoquée au
Louvre le 11 septembre 1408. Là, par l'organe de Guillaume
Cousinot, attaché à sa maison, elle repoussa les indignités du
théologien bourguignon, et défendit son mari en prenant à son
tour l'offensive de l'accusation. Ce plaidoyer fut l'origine de la
fortune des Cousinot [2]. Nommé chancelier du duc d'Orléans
en 1419, Guillaume Ier fut aussi conseiller du régent (Charles VII).
Il est plutôt connu sous le nom de Cousinot *le chancelier*, pour
le distinguer de son neveu, Guillaume II Cousinot, seigneur de
Montreuil (près Vincennes). Ce dernier, né vers 1400 et mort
âgé de plus de quatre-vingts ans, servit successivement les rois
Charles VII, Louis XI et Charles VIII, non seulement comme
magistrat, mais aussi comme homme d'épée et diplomate ;
écrivain élégant, Cousinot de Montreuil a laissé, sur son temps,
d'excellentes chroniques.

(1) Didot frères, *Nouvelle biographie générale*, au mot *Cousinot.*
(2) Vallet de Viriville, *La chronique de la Pucelle* ou *Chronique de Cousinot*. Intro-
duction, p. 16 et suivantes.

Tous ces Cousinot, ainsi restés toujours fidèles à la cause de la maison de France, durent infailliblement être dépouillés par les Anglais, devenus maîtres de Paris, des biens qu'ils y possédaient, comme nous le montrent d'ailleurs des documents authentiques du temps, à l'égard notamment de Guillaume Cousinot, le chancelier, dont le roi d'Angleterre, Henri VI, par une ordonnance de février 1423 (n. st)., confisque, au profit de Guillaume de Châtillon, capitaine de Reims, la maison située rue Sainte-Croix-de-la-Bretonnerie, au coin de la rue de l'Homme-Armé [1]. Aussi est-il bien permis d'admettre que c'est par suite des circonstances et des évènements que la maison *au Dé* de la rue de Jouy, qui fut à Pierre Cousinot, passa, en 1427, aux mains des marguilliers de Saint-Gervais.

Le 29 mars 1447 (n. st.), un autre jugement du Châtelet donne quittance aux marguilliers de Saint-Gervais, encore détenteurs de la maison *au Dé*, des arrérages par eux payés à l'Hôtel-Dieu, compris le terme de Pâques prochain venant, pour la susdite rente de 26 sous 8 deniers parisis, qu'ils lui doivent sur cette maison ; laquelle est ainsi désignée suivant les termes du nouveau jugement : « Une maison *à pignon sur rue*.....
« assise à Paris, en la rue de Joÿ, qui fut et appartint à
« maistre Pierre Cousinot, où soulloit pendre pour enseigne
« *le Dé*, et de présent y pend *le Croissant* ; tenant d'une part à
« ung hostel où est l'enseigne *Sainct-Christofle*, appartenant à
« Girard de Conflans, et d'aultre part à ung hostel qui fut à feu
« Hue de la Fontaine, et de present appartenant aus enfans de
« feu M° Oudart Gencien, comme l'en dict ; aboutissant par
« derrière au jardin de sire Jehan Gencien.... » [2].

Comme nous rencontrerons encore ce tenant et cet abou-

---

[1] Auguste Longnon, *Paris pendant la domination anglaise*, p. 80 ; — Sauval, *loc. cit.*, t. III, p. 572.
[2] Titres de propriété de la Pharmacie Centrale de France, *Sentence du Châtelet du 29 mars 1447* (n. st.).

tissant sous le même nom de Gencien, nous croyons qu'il n'est pas non plus sans intérêt de rappeler succinctement les souvenirs qu'il évoque. Dès le xiii⁰ siècle, ce nom était déjà donné à une petite rue ou ruelle existant non loin de ces parages, entre les rues de la Tixeranderie et de la Verrerie, dans la direction de la rue du Temple, En 1263 et 1264, le cartulaire de Saint-Maur fait mention de Pierre Gencien, dont la maison située rue de la Tixeranderie, vis-à-vis de cette ruelle, était occupée par des lombards (¹). Dans le rôle de la taille de 1292, sous Philippe-le-Bel, la dite ruelle est appelée *rue Sire-Gencien ;* puis *ruelle Jean-Gencien,* dans le censier de Saint-Eloi de 1367 ; puis *rue Jacques-Gencien* et *rue Gencien* tout court, *vicus Gentianus,* en 1387, suivant le compte des Heures de Notre-Dame. Enfin, d'après Sauval, un Guillaume Gencien demeurait encore, en 1391, dans le logis ancestral, où sa présence contribua certainement à maintenir à la rue le nom de Gencien que ses pères lui avaient donné, et ce n'est qu'après 1506 qu'elle prit la dénomination de *rue des Coquilles*, à cause d'un hôtel, dont la porte et les fenêtres étaient ornées de coquilles, et que l'on avait construit, en 1487, à l'un de ses coins sur la rue de la Tixeranderie (²).

Or, les Gencien étaient une opulente famille parisienne qui se distingua notamment dans la magistrature municipale. En tête des illustrations que produisit cette famille, il ne faut pas oublier de mettre ces deux héroïques bourgeois, Jacques et Pierre Gencien, qui, placés auprès du roi, à la bataille de

(1) *Lombards*, nom que l'on donnait en ce temps-là aux changeurs, banquiers ou monnayers, parce qu'ils étaient, pour la plupart, originaires de la Lombardie.
(2) Cf. H. Géraud, *Paris sous Philippe-le-Bel*, p. 120 et 278 ; — Sauval, *loc. cit.*, t. I⁰⁰, p. 127 ; — Jaillot, *loc. cit.*, t. III, *Quartier de la Grève*, p. 14. — La *rue des Coquilles* est devenue, depuis environ cinquante ans, l'entrée de la rue du Temple, entre la rue de Rivoli et la rue de la Verrerie. En 1853, la percée du prolongement de la rue de Rivoli a fait disparaître la rue de la Tixeranderie, ainsi que l'*hôtel des Coquilles*, dont le souvenir s'est perpétué néanmoins dans la maison qui l'a remplacée au même point : des *coquilles* ont été reproduites du côté de la rue de Rivoli, sur la façade nouvelle.

Mons-en-Pévèle (1304), se firent bravement tuer pour le défendre [1]. Un des leurs, Jean Gencien, fut échevin en 1305, puis prévôt des marchands en 1321. C'est encore un Gencien, du prénom de Tristan, qui remplaça en 1358, le fameux Etienne Marcel dans la même charge prévôtale. En 1411, la première élection populaire remit cette prévôté aux mains d'un autre Pierre Gencien, qui était déjà trésorier de France ; il est marqué, avec ses trois frères, Oudart, Jean et Benoît, au nombre des émigrés, dans le compte des confiscations anglaises de 1420 à 1434 [2]. Des lettres de rémission, datées du 21 décembre 1431, furent accordées par Henri, roi de France et d'Angleterre, à Jacqueline Couraud, veuve, depuis un an, de Jean Gencien, jadis conseiller du roi Charles VI en sa cour de parlement, lequel, après l'entrée des Bourguignons à Paris et le massacre de deux de ses frères, Oudart et Benoît, s'était réfugié à Toulouse, puis à Béziers où il avait vécut en s'occupant exclusivement de pratique judiciaire [3]. Ce Jean Gencien est, sans aucun doute, celui qu'on voit mentionné dans le titre précité du 29 mars 1447, comme ayant été propriétaire d'un jardin contigu à l'hôtel appartenant à ses neveux, les « enfants de feu Oudart Gencien », auquel jardin aboutissait, par derrière, la maison du Croissant, alias du Dé. Quant à ses deux infortunés frères, l'un, Oudart Gencien, avait été conseiller au parlement de Paris en 1403 [4] ; l'autre, Benoît Gencien, religieux de Saint-Denis, docteur en théologie, et

(1) *Les grandes chroniques de France*, édition de Paulin-Paris, t. V, p. 165. — On croit que Pierre Gencien est le poète qui composa un ouvrage en vers dans lequel sont célébrées cinquante des plus belles dames de son temps ; elles y sont représentées comme s'exerçant dans un tournoi, pour s'habituer aux fatigues et aux dangers d'une croisade où elles voulaient accompagner leurs chevaliers.
(2) Sauval, *loc. cit.*, t. III. p. 196 et 584. — Parmi les biens confisqués à ces Gencien, on remarque notamment deux hôtels, des fiefs, des moulins et d'autres héritages, le tout situé à Charenton. Une Jeanne Gencien possédait la seigneurie du pont de Charenton.
(3) A. Longnon, *loc. cit.*, p. 323.
(4) Idem ; — Blanchard, *Eloge des premiers présidents au Parlement*, p. 13.

l'un des orateurs les plus éminents de son temps, avait aussi osé combattre, en 1414, l'odieuse apologie de l'assassinat du duc d'Orléans prononcée par Jean Petit [1]. Il fut choisi plusieurs fois pour porter la parole dans les remontrances que l'Université adressa aux princes du sang, et représenta ce même corps au concile de Constance, où il se distingua par son éloquence et son savoir. Ce qui a surtout fait connaître son nom, c'est la célèbre chronique latine, connue sous le titre de : *Histoire de Charles VI par le moine de Saint-Denis*, dont il a longtemps passé pour être l'auteur, parce qu'il suivait ordinairement le roi à l'armée et même aux sièges des villes, en qualité d'historiographe [2]. Mais, à présent, on doute avec raison que cet ouvrage soit de Benoît Gencien.

Pour ce qui est de la maison que les Gencien, avons-nous dit, possédaient rue de Jouy, et à laquelle attenait l'hôtel *du Croissant,* nous avons vu que, en 1428, elle appartenait à Guillemette, veuve de feu Pierre Le Barbier, et que, après avoir été la propriété de Hue de la Fontaine, on la retrouvait en 1447, c'est-à-dire après l'occupation anglaise, aux mains des enfants d'Oudart Gencien. Dans un acte du 19 avril 1461, que nous rappellerons ci-après, cette maison est désignée comme étant la propriété de Jacques Olivier. Ce Jacques Olivier est de la famille bien connue des Olivier, seigneur de Leuville et de Mancy; il fut procureur au Parlement de Paris et eut un fils qui devint premier président de cette cour. Son petit-fils, François Olivier, fut garde de sceaux et chancelier de France, de 1545 à 1560. Un autre acte, du 11 juillet 1528, dont il sera fait aussi mention plus loin, montre ensuite que la maison était encore en la possession de la même famille, dans les personnes de la veuve et des héritiers de Jean Olivier, seigneur de

---

[1] Félibien et Lobineau, *Histoire de la Ville de Paris*, t. II, p. 762, 776 et 780.
[2] Idem, *id.*, t. II, p. 780.

Mancy. Cependant la dite maison, qui avait alors pour enseigne *l'Ermitage*, était revenue peu après aux mains des Gencien; une déclaration de l'un d'eux, Jean Gencien, désigne ainsi les lieux : « une maison, court et jardin,... qui furent à Guil-« laume Gencien, assis à Paris, rue de Jouy, tenant d'une « part à une maison où pend pour enseigne *le Grégeois*, « et d'autre part *au Croissant noir*, et chargée envers les carmes « Billettes de 8 deniers de cens (1) ». Aux termes d'une sentence du Châtelet donnée, le 9 juin 1540, au profit de ces religieux, contre Pierre Sanson, celui-ci est condamné à leur payer les lods et ventes de l'acquisition par lui faite de cet immeuble aux Gencien (2). En 1573, l'ancienne maison de *l'Ermitage* se retrouvait en la possession d'un Me Olivier de Leuville, puis en celle de ses héritiers, en 1595 ; elle appartenait enfin, en 1623, à Henry de Fourcy (3), sieur de Chessy, président de la chambre des comptes de Paris, conseiller du roi en ses conseils, surin-tendant des bâtiments de Sa Majesté, mort en 1638. Après lui, son fils, de même prénom, devint propriétaire de l'immeuble, connu désormais sous le nom d'*hôtel de Fourcy*. Ce deuxième Henry de Fourcy fut président des enquêtes en 1653, et prévôt des marchands de 1684 à 1691 (4); c'est lui qui fit ouvrir la rue voisine qui porte son nom ; ce n'était anciennement qu'un cul-de-sac ouvert sur la rue Saint-Antoine, et connu sous le nom de *ruelle sans Chef*, dès 1313 (5). L'hôtel de Fourcy, qui porte actuellement le numéro 9 de la rue de Jouy, a été occupé depuis 1859 par l'*Institution Harant*, jusqu'au jour où, il y a quelque

(1) Titres de propriété de la Pharmacie Centrale de France, *Sentence du Trésor du 1er août 1624*.

(2) Idem, *id*.

(3) Id., *Actes du 23 mai 1573 et du 11 juillet 1595*; *décret d'adjudication du 12 juillet 1623*.

(4) La Chesnaye-Desbois, *Dictionnaire de la Noblesse*.

(5) Félix et Louis Lazarre, *Dictionnaire des rues et monuments de Paris*; Jaillot, *loc. cit*, t. III, *Quartier Saint-Paul*, p. 16

vingt ans, celle-ci a été remplacée par une école communale
professionnelle de jeunes filles, appelée *école Sophie Germain*.

Pour en revenir à l'ancienne maison à pignon sur rue, où
pendirent successivement les enseignes *du Dé, du Croissant*,
puis *du Croissant noir*, l'acte précité du 19 avril 1461 nous
apprend qu'elle appartenait, à cette date, à Jeanne, veuve de
feu Etienne Noviant, en son vivant procureur du roi en ses
chambres des comptes et du trésor de Paris [1]. Dans cet acte,
il est stipulé que, « pour la singulière devocion, amour et
« dilection qu'elle et ledict defunct son mary ont euz dès long-
« temps et qu'elle a encores à present au collège de Laon,
« fondé à Paris, au dessoubz du mont Saincte-Gene-
« viefve,..» [2] aussi bien que « pour faire le salut de son aame
« et de son dict feu mary,... » la dame susdite constitua une
rente annuelle et perpétuelle de 40 sous parisis à prendre
sur sa maison, au profit de ce collège, à charge pour celui-ci
de faire dire, chanter et célébrer chaque année, dans sa
chapelle, un certain nombre de messes et d'obits pour la
mémoire d'elle et de son époux. Suivant la teneur de cet
acte de fondation, la maison, ainsi chargée, est décrite en
ces termes : « Une maison, court, jardin et appartenances,...
« appartenant à la dicte veufve de son conquest, comme
« elle disoit, assiz à Paris, en la rue de Jouy ; tenant d'une
« part à maistre Jacques Olivier et Me Pierre de Morvillier,
« et d'aultre part à la dicte veuve, à Girard de Conflans et
« aux jardins de l'hostel Jehan Gencien ; aboutissant par
« derrière audict Gencien, à ladicte veufve et à Jehan Sore ;

(1) Titres de propriété de la Pharmacie Centrale de France, *Acte passé devant Gilles Godin et Nicolas Eveillard, not^{res}, le 19 avril 1461*.
(2) Le collège de Laon était situé entre la rue des Carmes et celle de la Montagne-Sainte-Geneviève, contre le couvent des Grands-Carmes, remplacé par le marché de la place Maubert. Ce collège fut fondé en 1313, par Guy, chanoine de Laon, et Raoul de Presles, clerc du roi, pour des écoliers du diocèse de Laon. En 1763, ce collège fut réuni au collège Louis-le-Grand ; ses bâtiments ont depuis disparu, par suite de l'agrandissement de la place Maubert et des voies adjacentes.

« et encore ayant yssue par derrière à une *allée* allant à la
« Mortellerie : en la censive du roi… ».

De même que le nom de Gencien, nous trouverons encore
mentionnée, dans divers titres ultérieurs, cette allée qui
deviendra, par la suite, l'*impasse d'Aumont*. Comme à présent,
elle devait aboutir, au moyen d'un escalier de douze à quinze
marches, à une porte de derrière de l'ancienne demeure des
Gencien, devenue l'hôtel de Fourcy, dont le sol est resté
d'environ trois mètres plus élevé que celui de cette allée. Quant
à l'issue que la maison *du Croissant* avait jadis en cet endroit
pour gagner la *rue de la Mortellerie* (aujourd'hui *rue de l'Hôtel-
de-Ville*) [1], elle existe encore dans la petite porte latérale
qu'on aperçoit à droite, au haut de l'escalier, et qui ouvre sur les
arrière-locaux de la *Pharmacie Centrale de France*. Il est évident
que l'allée en question n'est autre que le cul-de-sac désigné par
l'historien Jaillot, sans qu'il ait pu en préciser la situation,
sous le nom de *Longue-Allée ;* elle avoisinait un grand logis
nommé la *Cour Gencien* [2], et Sauval la comptait parmi les
impasses et arrière-cours qui étaient, de son temps, c'est-
à-dire vers 1650, habitées par des gueux, des artisans pauvres
et des gagne-deniers [3] : il semble, depuis lors, que les lieux
n'aient guère changé, tant ils ont conservé leur aspect misérable
d'autrefois. Supprimée par ordonnance royale du 4 février 1843,
l'impasse d'Aumont a été vendue, aussitôt après, au sieur
Paturaud, à raison de vingt-cinq francs le mètre, sous la réserve

(1) Le *Dict des rues de Paris*, de Guillot, nous montre que dès la fin du xiiie siècle,
cette rue s'appelait *de la Mortellerie* : il est probable que c'est à cause des *morteliers*
(maçons), manieurs de plâtre et de *mortier*, qui ont habité de tout temps et continuent
même d'habiter cette rue, où leur corporation avait son bureau au xviiie siècle. C'est
par décision ministérielle du 16 février 1835 que cette rue changea son ancien nom en
celui *de l'Hôtel-de-Ville*, afin de calmer la frayeur superstitieuse causée par le choléra
de 1832, dont furent victimes un grand nombre de ses habitants : il semblait pour la
plupart des gens, étrangers à la science étymologique, que ce nom de *Mortellerie* fût
d'un funeste présage, et qu'il fallait le faire disparaître.
(2) Jaillot, *loc. cit.*, t. III, *Quartier Saint-Paul*, p. 23.
(3) Sauval, *loc. cit.*, t. Ier, p. 129.

des droits de passage et d'écoulement des eaux, que les autres propriétaires riverains pouvaient avoir [1].

En reprenant la suite de nos recherches, nous retrouvons, au commencement du xvie siècle, l'ancien logis *du Croissant*, entre les mains de Pierre Le Royer, receveur des impôts et fouages du diocèse de Mantes, à cause de sa femme, Anne Le Roy, qui y avait succédé à Jean Ribacin, receveur de Chartres [2]. C'était alors une « *grande maison* » composée de deux corps d'hôtel, l'un entre cour et jardin, et l'autre sur la rue de Jouy, où elle avait son entrée. Ce deuxième corps d'hôtel était accompagné d'une petite maison « appliquée à estables », qui s'ouvrait sur la cour seulement, et en arrière de laquelle partait une allée, mesurant sept toises de long sur une de large, par où s'écoulaient les eaux ménagères. Le tout, enfin, était encore chargé, en outre du cens dû au domaine du roi, de la rente annuelle et perpétuelle de 40 sous parisis, constituée précédemment par la veuve d'Etienne Noviant au profit du collège de Laon [3].

Pierre Le Royer et sa femme, Anne Le Roy, agrandirent leur propriété, en achetant, suivant acte du 15 mars 1510 (n. st.), à Jean Guérin, marchand chapelier, bourgeois de Paris, une petite place où il y avait un mûrier, et qui était située derrière et contre leur jardin. Ce terrain mesurait 5 toises 5 pieds et demi de long, sur 3 toises 2 pieds de large, et joignait, à droite, une ruelle descendant à la rue de la Mortellerie [4]. Sans aucun doute, cette ruelle n'est autre que l'allée dont nous venons de parler, comme elle est certainement la même que Jaillot

---

(1) *Recueil de lettres patentes, ordonnances royales, décrets et arrêtés préfectoraux concernant les voies publiques, dressé sous la direction de M. Alphand.*

(2) Titres de propriété de la Pharmacie Centrale de France, *Transaction passée devant Maheut et Montigue, not^{res}, le 2 mai 1530.*

(3) Titres de propriété de la Pharmacie Centrale de France, *Décret d'adjudication au Châtelet du 11 juillet 1528.*

(4) Idem, *Acte de vente passé devant Pierre Pichon, l'aîné, et Pierre Pichon, le jeune, not^{res}, le 15 mars 1510 (n. st.).*

mentionne encore dans ces parages, sous le nom de *ruelle du Mûrier*, en s'abstenant aussi d'en fixer au juste la position [1].

Après la mort des époux Pierre Le Royer et Anne Le Roy, leur habitation de la rue de Jouy, ainsi agrandie, fut vendue de la façon suivante, en vertu de deux jugements de licitation rendus successivement, les 18 avril et 18 mai 1528, entre les co-héritiers de la succession d'Anne Le Roy, parmi lesquels nous avons retenu les noms de Le Roy, Gorris, Perceval, Guyot, etc., que nous rencontrerons encore : 1° le 11 juillet de la même année, l'un des dits co-héritiers, Raoul Guyot, notaire et secrétaire du roi, contrôleur de l'audience de la chancellerie de France, se rendit adjudicataire de la « grande maison », c'est-à-dire de celle anciennement dite *du Croissant*, telle qu'elle vient d'être décrite, non compris toutefois celle servant d'étable, moyennant la somme de 3,300 livres tournois et à charge, en outre, des cens et arrérages qu'elle pouvait devoir et de la rente de 40 sous parisis dont elle était restée redevable envers le collège de Laon. Dans le décret de cette adjudication, l'emplacement de cette grande maison est indiqué : « tenant d'une part à la maison et jardin appartenans « aux vefve et héritiers de Jehan Olivier, seigneur de Mancy, « d'aultre part à ung jardin et lieux qui furent à feu Gencien et « à une petite maison estant et respondant sur la dicte rue de « Jouy, de présent applicquée à estables servans à ladicte « grant'maison, laquelle petite maison n'a aulcune yssue en « ladicte rue de Jouy ; aboutissant ladicte grant'maison, par « devant, à ladicte rue de Jouy, d'un bout, et, par derrière, « aux hoirs dudict feu Gencien et à une *courcelle* (petite cour) « et lieu ayant yssue à une ruelle qui a aussy yssue en la rue « de la Mortellerie, d'aultre part [2]. » 2° Puis, le 19 août

(1) Jaillot, *loc. cit.*, t. III, *Quartier Saint-Paul*, p. 23.
(2) Titres de propriété de la Pharmacie Centrale de France, *Décret d'adjudication du 11 juillet 1528.*

suivant, le même Raoul Guyot se rendit encore adjudicataire de la petite maison désignée ci-dessus, « applicquée à estables, » couverte de tuiles, avec une petite cour derrière, « assise en la « rue de Jouy, où souloit pendre *l'Imaige Saincte-Catherine* » : dans cette dernière adjudication était comprise la petite place ou courcelle, où il y avait un mûrier (1), et que les défunts époux, Pierre Le Royer et Anne Le Roy, avaient acquise, ainsi que nous l'avons dit.

Raoul Guyot vivait encore en 1530, puisque le 2 mai de cette année, il passait une transaction avec Robert Gauthier, sergent du parloir aux bourgeois de la Ville de Paris, par laquelle il lui accordait six écus d'or au soleil pour le dédommager de la jouissance de la « courcelle » au mûrier, dont il le privait par suite de l'acquisition qu'il en avait faite, comme nous venons de le voir, sur la succession d'Anne Le Roy (2). Quoi qu'il en soit, Raoul Guyot était certainement mort en 1537, car on voit alors son fils, Claude Guyot, sieur de Charmaux, qui lui a succédé par droit de survivance, dans ses charges et offices de notaire et secrétaire du roi, et de contrôleur de l'audience de la chancellerie de France, être détenteur des biens paternels de la rue de Jouy, tant en son nom qu'en celui de son frère mineur, Raoul IIe du nom (3). Celui-ci étant mort avant sa majorité, Claude Guyot hérita de sa part et accrut ainsi son lot, qu'il avait déjà grossi de plusieurs acquisitions. Pour commencer, il avait acheté, le 14 mars 1536 (n. st.), de Guillaume Boileau, avocat au parlement de Paris, et de sa femme, Barbe Beauvalet, moyennant la somme de 36 écus d'or au soleil, quatre toises de terrain en carré, enclavées dans son jardin, à

(1) Titres de propriété de la Pharmacie Centrale de France, *Décret d'adjon du 19 août 1528.*

(2) Idem, *Transaction passée le 2 mai 1530, devant Jean Maheut et Pierre Montigue, notres.*

(3) Idem, *Déclarations au domaine du roi des 20 mars 1538 (n. st.), 20 mars 1540 (id.), et 16 Janvier 1583 (id.).*

la charge pour les vendeurs de boucher toutes les vues du pignon de leur maison donnant sur le jardin de l'acquéreur [1]. Puis, le 21 janvier 1539 (n. st.), Claude Guyot avait acquis encore, pour le prix de 800 livres tournois, de Gabrielle Paulmier, veuve de François Le Bouleur, en son vivant avocat au Châtelet, une petite maison, que la venderesse avait eue en héritage de son père, Pierre Paulmier, examinateur au Châtelet, et qui était « assise rue de Jouy, à l'enseigne de l'*Image Saint-* « *Jacques*, tenant d'une part et aboutissant par derrière audict « acheteur, et d'aultre part aux héritiers de Jehan Perceval et « de Philippe Le Roy, jadis sa femme, et par devant sur « ladicte rue de Jouy, en la censive du roi » [2]. Cette petite maison restera désormais confondue avec la grande maison du *Croissant*, dans laquelle elle se trouvait enclavée.

Claude Guyot compléta ses acquisitions de la rue de Jouy par celle de la maison à l'*Image de Saint-Christophe*, qui attenait à l'hôtel *du Croissant* : nous l'avons déjà mentionnée comme appartenant, en 1428, à Jean de Conflans, puis à Girard de Conflans en 1447 [3]. Nous ignorons ce qu'étaient ces deux propriétaires ; nous savons seulement que, en 1390 et 1410, c'est-à-dire sous le règne de Charles VI, il existait un Jean de Conflans, notaire et secrétaire du roi [4]. Après Girard de Conflans, qui fut probablement le fils de Jean, cette maison avait appartenu à Dreux de Dammartin, lorsque, le 10 décembre 1490, elle fut vendue à Jean de Perceval l'aîné, receveur des tailles et aides en l'élection de Reims, et à son épouse Philippe Le Roy [5]. Le 15 avril 1542, les dénommés ci-

---

(1) Titres de propriété de la Pharmacie Centrale de France, *Contrat passé, le 14 mars 1536*, (n. st.), *devant Sarrazin et Trouvé, notres.*

(2) Idem, *Acte passé devant Payen et Trouvé, notres, le 21 janvier 1539* (n. st.).

(3) Id., *Sentences du Châtelet du 28 février 1428* (n. st.), *et du 29 mars 1447* (id.).

(4) Douët d'Arcq, *Choix de pièces inédites relatives au règne de Charles VI*, t. II, p. 15 ; — A. Tuetey, *Journal de Nicolas de Baye*, t. I, p. 328

(5) Titres de propriété de la Pharmacie Centrale de France, *Acte de vente du 15 avril 1542, passé devant Pierre Boule et Charles Maheut, notres.*

après : Philippe Perceval, veuve de Pierre de Gorris, docteur
régent de la Faculté de médecine ; Guillaume Budé, docteur aussi
de la même Faculté, et Charlotte Perceval, sa femme ; Jeanne
Perceval, veuve de Robert Péan, et son fils Jean, avocat au parlement ; Marie Fraguier, veuve de François Léchassier, marchand
joaillier et bourgeois de Paris, fille de Mathieu Fraguier et de
Marie Perceval, tant en son nom qu'en celui de ses frères ; tous
co-héritiers de défunts Jean Perceval et Philippe Le Roy,
son épouse, vendirent à leur tour, la maison à Cloud Sevalis,
docteur en théologie, archidiacre de Mortaing, au diocèse
d'Avranches. Dans l'acte de vente, l'immeuble est ainsi décrit :
« une maison contenant deux corps d'hostel, iceluy de devant
« estant à deux pignons sur rue,... où est contre le mur pour
« enseigne l'*Imaige Sainct-Christofle* ; assise à Paris, rue de
« Jouy, tenant d'une part à l'hôtel du *Croissant noir*, d'aultre
« part et aboutissant par derrière à M⁰ Claude Guyot, contrô-
« leur de l'audience, et par devant sur la dite rue ; en la censive
« des religieux de Notre-Dame-de-la-Charité, dits des Billettes,
« et chargée envers eux, la totalité de la dite maison et lieux, de
« huict deniers parisis de cens, et oultre de douze livres parisis
« de rente non racheptable envers le doyen et chapitre de
« Nostre-Dame de Paris, etc.... » [1] Une sentence du Trésor
du 1ᵉʳ août 1624 mentionne bien que, par la suite, Claude
Guyot acquit cette maison de Cloud Sevalis [2] ; mais il n'indique
pas la date de cette acquisition, dont l'acte fait défaut parmi
les anciens titres de la propriété actuelle, que nous avons
consultés. Quoi qu'il en soit, nous verrons ladite maison faire
partie du partage des biens de la succession de Claude Guyot.

Claude Guyot, comme nous l'avons dit, avait d'abord, par
droit de survivance, succédé à son père dans ses charges et

---

(1) Titres de propriété de la Pharmacie Centrale de France, *Acte de vente passé
devant Pierre Boule et Charles Maheut, nots*, le 15 avril 1542.
(2) Idem, *Sentence du Trésor du 1ᵉʳ août 1624*.

offices ; puis il fut reçu maître des comptes en 1551 et devint
président en 1573. Entre temps, il fut nommé deux fois prévôt
des marchands : la première pour quatre années, de 1548
à 1552 ; la seconde pour deux années, de 1564 à 1566. Mais
cette dernière nomination, qui eut lieu sous l'administration
de Catherine de Médicis, se fit dans des circonstances tout-à-
fait exceptionnelles. En effet, rompant tout-à-coup avec
l'ancienne coutume, le mode de scrutin du prévôt et des
échevins fut singulièrement modifié, et l'élection remise presque
entièrement au bon plaisir du roi. Charles IX avait déclaré, par
lettres patentes du 14 juillet 1564, que dorénavant cette élection
se ferait en nombre double ; qu'une liste en serait présentée
au roi, qui se réservait de choisir, parmi les candidats désignés,
celui qu'il jugerait le plus convenable. Cette atteinte grave et
imprévue, portée aux libertés municipales, inquiéta le parlement, qui, avant d'enregistrer ces lettres patentes, voulut
qu'elles fussent communiquées au corps de Ville de Paris.
Dans sa séance tenue le 8 août, le corps de Ville supplia le
parlement de vouloir bien faire à cet égard des remontrances
au roi. Catherine de Médicis, qui s'attendait à quelque résis-
tance, s'empressa, pour la vaincre sur-le-champ, d'écrire à la
Ville « que le roi agréait que la prochaine élection se fît suivant
l'usage accoutumé ». Aussitôt le parlement rendit un arrêt qui
autorisait le corps de Ville à suivre ses anciens usages ; mais
une seconde lettre royale du 25 août prescrivit de nouveau que
l'élection serait faite en double et soumise à la volonté du
prince ; et, malgré l'intention manifestée par les officiers municipaux d'adresser au roi des remontrances, il fut fait comme
il avait été ordonné : le scrutin fut porté en cour, et le sieur
Claude Guyot désigné comme prévôt des marchands. Cette
violation des anciennes libertés municipales paraît s'être
continuée jusqu'à l'année 1570 [1] ; si elle fut un abus d'autorité,

(1) Le Roux de Lincy, *Histoire de l'Hôtel-de-Ville de Paris*, t. 1er, p. 158, 159.

elle prouve néanmoins combien le mérite et les services du magistrat qui en avait été la cause, étaient appréciés du pouvoir royal. Mais, soit dit en passant, il n'empêche qu'à mesure que l'autorité souveraine augmenta, elle acquit une prépondérance marquée dans l'élection du prévôt des marchands. Le roi, la cour, avertissait le corps des électeurs pour lui recommander son candidat favori ; souvent cette puissante sollicitation était écoutée, mais il arrivait aussi quelquefois que le candidat protégé se trouvait écarté, et l'antique principe de l'autonomie communale conservait encore tous ses droits. Nous sommes loin, aujourd'hui, de ces coutumes municipales : depuis longtemps, Paris est privé de la liberté d'élire son maire.

Claude Guyot, sieur de Charmeaux, n'était donc pas un personnage de peu d'importance. Il avait épousé Marie Fraguier, fille de Jean Fraguier, seigneur de Courcelles, président des comptes à Moulins[1] ; il en eut un fils, Antoine Guyot, auquel il céda d'abord la survivance de ses offices de secrétaire du roi et de maître des comptes, avec une partie de ses biens et seigneuries. Puis, suivant un acte du 23 mai 1573, Claude Guyot et sa femme Marie Fraguier donnèrent encore, à ce même Antoine, leur maison, avec le jardin, où ils demeuraient rue de Jouy : « ladicte maison et jardin tenant d'un costé à la « maison et jardin de Mᵉ de Leuville-Olivier, d'aultre part à « une aultre maison appartenant auxdicts donateurs..., et au « jardin de Mᵉ Guérard ;... aboutissant à ladicte rue de Jouy, « et par derrière, à une petite maison appartenant auxdicts « donateurs, par laquelle ils ont un passaige pour aller en la « rue de la Mortellerie ; lequel passaige ils donnent audict « Anthoine Guyot, leur fils[2]. » La prise de possession de

(1) Bibliothèque Nationale, Manuscrits, Cabinet des Titres, *Dossiers bleus*, vol. 342.

(2) Titres de propriété de la Pharmacie Centrale de France, *Acte passé devant Jean Quétin et François Ymbert, notʳᵉˢ à Paris, le 23 mai 1573.*

cette maison ne fut cependant accordée à celui-ci par son père, que deux ans après, suivant acte du 28 novembre 1575. Dans cet acte, Claude est qualifié de président de la chambre des Comptes de Paris, avec la survivance pour son fils[1]. C'est vers ce temps que dut mourir Claude Guyot, l'acte de partage de sa succession étant daté du 23 mars 1577 (n. st.)[2].

Par suite de ce partage, une déclaration faite au domaine du roi, le 16 janvier 1582, par Pierre Viole, écuyer, seigneur du Chemin, Roquemont et Noiseau en partie, commissaire ordinaire des guerres, nous apprend qu'il était, au nom et comme tuteur et curateur des enfants mineurs de lui et de feue Isabelle Guyot, jadis sa femme, fille et héritière en partie, du président Claude Guyot, devenu détenteur des maisons suivantes : 1° la grande maison à l'enseigne du *Croissant*, qu'avait acquise, avons-nous dit, Raoul Guyot, l'aïeul d'Isabelle Guyot, le 11 juillet 1528, de la succession des époux Pierre Le Royer et Anne Le Roy ; 2° la petite maison à l'enseigne de *Sainte-Catherine*, avec la place où il y avait un mûrier, acquise aussi par le même, le 19 août suivant, sur la même succession ; 3° une autre maison où pendait l'*Image Saint-Jacques*, acquise, avons-nous encore dit, le 21 janvier 1539 (n. st.), par Claude Guyot, de la veuve de François Le Bouleur[3].

Pierre Viole, que nous venons de mentionner, fait aussi partie d'une famille de magistrats, qui a marqué dans l'histoire parisienne, et dont les membres, toujours présents au parlement, donnèrent lieu à ce plaisant dicton, *le Parlement n'a*

(1) Titres de propriété de la Pharmacie Centrale de France, *Acte passé devant Jean Quétin et François Ymbert, not^res à Paris, le 28 novembre 1575.*

(2) Idem, *Sentence des Requêtes du Palais du 27 juillet 1584 ; — Acte passé devant Guy Remond et Nicolas Taconnet, not^res à Paris, le 9 février 1623.*

(3) Id., *Déclaration du 16 janvier 1582 ; — Sentence des Requêtes du Palais du 27 juillet 1584.*

jamais dansé sans viole [1] : témoin, pour commencer, son aïeul, Nicolas Viole, écuyer, seigneur d'Andresel, conseiller du roi et correcteur en la chambre des Comptes, qui fut prévôt des marchands en 1494 et 1495 ; puis son oncle, Pierre Viole, seigneur d'Athis-sur-Orge, premier avocat du roi en la cour des aides, qui fut aussi prévôt des marchands, et posa, en cette qualité, la première pierre de l'Hôtel-de-Ville, en 1533 ; puis son frère, Guillaume Viole, décédé en 1568, qui fut évêque de Paris.

S'il faut en croire certaine généalogie dressée, vers 1550, par Denisot, bibliothécaire du roi, après Guillaume Budé, l'origine de la famille Viole remonterait, au delà de l'ère chrétienne, au chevalier romain Lucius Piso, époux d'une fille de la noble maison des Flamines, qu'on avait surnommée *Viole,* à cause de sa prédilection marquée pour les violettes, dont elle portait toujours des bouquets. Ce Lucius Piso laissa un fils qui fut appelé *Lucius a Viola,* parce que son père étant décédé jeune, sa mère *Viola Pisonis,* plus connue que son mari, transmit, suivant la coutume, son nom à son fils dans la descendance duquel il resta. Selon cette curieuse généalogie, Lucius a Viola vivait au temps de la conquête des Gaules par Jules César ; il était alors tribun de gendarmerie et commandait mille hommes de guerre. Après la bataille de Pharsale, il reçut le gouvernement de Lyon, où il vint s'établir avec sa femme et ses enfants, dont la postérité resta d'abord fixée au Lyonnais, au Forez, puis en Auvergne. Mais, sans essayer nullement de vérifier l'exactitude de cette fantastique origine, il peut nous suffire de savoir que les Viole de Paris remontent sûrement à Philippe Viole, qui était, en 1385, examinateur au Châtelet d'Orléans, puis lieutenant-général au siège et bailliage de cette ville. Après le meurtre du duc Louis d'Orléans, les Viole, demeurés fidèles et zélés serviteurs de la maison de ce prince, comme marque de deuil perpétuel, changèrent en *sable* (noir)

(1) Le Roux de Lincy, *loc. cit.,* p. 171.

l'*azur* (bleu) du champ de leurs armoiries, *aux trois chevrons d'or brisés* [1].

Le 11 juillet 1595, après la mort de Pierre Viole, ses trois fils, Eustache Viole, seigneur de Roquemont, maître de cérémonies du roi ; Claude Viole, seigneur de Guermente et du Chemin, conseiller du roi et auditeur en sa chambre des comptes ; et Nicolas Viole, seigneur des Loges, avocat au parlement ; lesquels, à cause de leur feue mère Isabelle Guyot, avaient hérité des trois maisons provenant de la succession de leur aïeul Claude Guyot, comme il a été dit précédemment, vendirent la plus grande, celle à l'enseigne du *Croissant,* avec une autre plus petite y attenant, à leur oncle maternel, le président Antoine Guyot, qui était alors demeurant dans la première, et à qui nous avons déjà vu Claude Guyot, son père, faire donation d'une autre de ses maisons de la rue de Jouy. Dans le contrat de vente, la nouvelle acquisition d'Antoine Guyot est ainsi désignée : « tenans les dites « deux maisons d'un long à la maison dite de Mancy, apparte- « nant aux héritiers feu M⁰ de Leuville, d'autre long, vers la « rue (de Jouy), à M⁰ Le Tonnelier, à cause de demoiselle « Marie Le Charron, sa femme ;... aboutissant d'un bout, par « derrière, à une petite maison au sieur de La Rivière, écuyer « du roi,... en laquelle y a une sortie à une ruelle qui va à « la rue de la Mortellerie,... et d'autre bout, par devant sur « la dite rue de Jouy : le tout... estant en la censive du Roy, « et chargées envers luy les dites grande et petite maison de « 7 deniers parisis de cens » [2].

Après la mort du président Antoine Guyot, — qui dut avoir lieu vers 1602, ainsi que semble en témoigner un inventaire, après décès, de ses biens, daté du 19 septembre de

(1) Bibl. Nⁱᵉ, Ms., Cab. des Tit., *Dossiers bleus,* vol. 342 et 674.
(2) Titres de propriété de la Pharmacie Centrale de France, *Acte passé devant Claude Trouvé et Toussaint Alaune, not*ʳᵉˢ*, le 11 juillet 1595.*

cette année et mentionné dans la sentence du Trésor, — déjà
citée plusieurs fois, — ces deux maisons, ainsi réunies,
passèrent aux mains de sa fille et unique héritière, Marguerite
Guyot de Charmeaux, dame d'Ansac [1], qui, veuve sans enfants
de Bernard Potier, seigneur de Silly, président de Bretagne,
avait épousé en secondes noces Henri du Plessis, seigneur de
Richelieu, le frère aîné d'Alphonse du Plessis, archevêque de
Lyon, et du fameux évêque de Luçon, le futur cardinal de
Richelieu.

Henri du Plessis était maréchal de camp à l'armée du duc
de Nevers, lorsqu'il obtint le gouvernement d'Angers ; il fut
tué en duel, en 1619, par le marquis de Thémines, qui avait
aspiré à cette fonction et se vengea ainsi du succès de son
concurrent [2]. Dans ses *Historiettes*, Tallemant des Réaux dit
de Henri du Plessis que « c'était un homme bien fait et qu'il
« ne manquait pas d'esprit. Il avait de l'ambition et voulait
« dépenser plus qu'il ne pouvait ; il affectait de passer pour un
« des dix-sept. En ce temps-là, on appela ainsi les dix-sept de
« la cour qui paroissoient le plus. On dit que sa femme,
« comme un tailleur lui demandoit de quelle façon il luy feroit
« une robe. — Faites-là, dit-elle, comme pour la femme d'un
« des dix-sept seigneurs » [3]. De Marguerite Guyot, Henri du
Plessis avait eu un enfant, né le 14 octobre 1618, au château
de Richelieu, qui dépendait de la paroisse de Braye, où il fut
baptisé le lendemain sous les prénoms de François-Louis ;
mais la mère mourut un mois après des suites de son accouchement, et l'enfant ne tarda pas à la suivre, le 18 décembre
suivant, dans le caveau funéraire de la famille, en l'église

(1) Titres de propriété de la Pharmacie Centrale de France, *Sentence du Châtelet du
28 mai 1620* ; — Bibl. N⁰, Ms., Cab. des Tit., *Dossiers bleus*, vol. 342.

(2) De Bassompierre, *Journal de ma vie*, édition de M. de Chantérac, t. III, p. 4,
note 1.

(3) Tallemant des Réaux, *Historiettes*, édition de Montmerqué et Paulin-Paris,
t. I, p. 2.

HÔTEL D'AUMONT. — COUR D'HONNEUR : FAÇADES DE LOUIS LE VAU.

(Cliché J. David).

de Braye, où, quelques mois après, le père devait les rejoindre [1].

La présence en ces lieux de cet aîné des du Plessis nous rappelle forcément une question que nous jugeons à propos de remettre sur le tapis, parce que, bien qu'elle nous semble jusqu'à présent irrésolue, elle intéresse directement notre sujet. Il s'agit de l'endroit précis où est né le cardinal de Richelieu. Or, un savant géographe du xvii⁰ siècle, l'abbé Michel-Antoine Baudrand, affirme dans ses écrits et y répète, en français comme en latin, que Richelieu a vu le jour ici-même. Ainsi, dans son *Lexicon geographicum* (édition de 1670), cet auteur dit bien que Richelieu est né à Paris, sans plus, il est vrai ; mais, dans sa *Geographia ordina litterarum disposita* (édition de 1681-1682, t. II, p. 173), il a soin d'ajouter que c'est dans la rue de Jouy : « *cum ipse natus esset Parisiis, in vico de Jouy* « *dicto, anno 1585* ». Cette addition est évidemment spéciale et intentionnelle. Enfin, dans l'édition posthume du même ouvrage en français, *Dictionnaire géographique et historique*, revue et augmentée par les soins si ponctuels des religieux de Saint-Germain-des-Prés, et publiée, en 1705, aux dépens du frère de l'auteur, Louis Baudrand, la même mention se trouve répétée et augmentée, mais avec une précision et une insistance plus marquées ; car il y est dit que Richelieu « *était né à Paris, en l'an 1585, dans la rue de Jouy, où est à présent l'hôtel d'Aumont* ». A notre avis, cette nouvelle addition, relative à l'hôtel d'Aumont, est cette fois suffisamment significative, en ce sens que ce ne peut être qu'à bon escient qu'elle a été faite. Les affirmations répétées, complétées et précisées de l'abbé Baudrand sont donc bonnes à retenir.

D'ailleurs, la question de savoir si Richelieu est bien né à Paris a été tranchée, il n'y a pas bien longtemps, d'une façon si

[1] Gabriel Hanotaux, *Histoire du cardinal de Richelieu*, t. 1ᵉʳ, p. 61, 62.

péremptoire, par l'éminent historien, M. Gabriel Hanotaux, dans sa remarquable *Histoire du Cardinal de Richelieu*, qu'il n'est plus nécessaire désormais d'insister sur ce point[1]. Seulement, le lieu exact de la naissance de Richelieu à Paris ne nous paraît point, jusqu'à présent, déterminé d'une façon aussi certaine. Dans son livre, M. Hanotaux ne semble pas avoir accordé autant d'attention que nous aux affirmations de Baudrand ; il a préféré s'en tenir à une hypothèse qui lui est toute personnelle, et qu'il appuie, du reste, sur un document indiscutable, extrait des anciens registres paroissiaux de Saint-Eustache, et publié pour la première fois, en 1867, par A. Jal, dans son *Dictionnaire critique de biographie et d'histoire*. Dans ce document, qui n'est rien moins que l'acte de baptême de Richelieu, il est dit que « le 5ᵉ may 1586, Armand- « Jean du Plessis, fils de messire François du Plessis, « seigneur de Richelieu,... prevost de l'hostel du Roy et « grand prevost de France, et de dame Suzanne de La « Porte, sa femme, demeurans en la rue du Bouloy, et le dict « enfant fust né le 9ᵉ jour de septembre 1585. » Et, de ce que le père et la mère de Richelieu demeuraient rue du Bouloi lors du baptême de leur fils, M. Hanotaux croit devoir conclure que c'est probablement à cette adresse que naquit le cardinal.

Cette conclusion ne saurait cependant être irréfutable. Il est permis d'observer que, puisque huit mois se sont écoulés entre la naissance et le baptême de Richelieu, il ne serait pas impossible que, par suite d'un concours de circonstances acciden-telles ou fortuites, cette naissance fût arrivée rue de Jouy, plutôt que rue du Bouloi. En effet, d'après un écrivain du temps, l'abbé Michel de Pure — « dont le témoignage, dit M. Hanotaux, est « précieux, parce qu'il fut un familier de la maison de

---

[1] A l'opinion de ceux qui font naître le cardinal à Richelieu, en Poitou, M. Hanotaux, (*loc. cit.*, p. 63 et suiv.) oppose le témoignage décisif de contemporains mieux informés et surtout l'affirmation de Richelieu lui-même.

« Richelieu », — il paraît « que l'accouchement fut pénible, qu'il
« faillit coûter la vie à la mère, que l'existence de l'enfant
« resta incertaine, et que, lorsque le baptême eut lieu à l'église
« Saint-Eustache, huit mois après la naissance, on ne fit
« aucune fête, le péril, qu'avaient couru l'enfant et la mère,
« portant plutôt au deuil qu'à la joie ». Enfin, suivant le dire
du même abbé, le père était éloigné de Paris au moment de la
naissance de son fils [1] : ce qui semblerait encore indiquer que
la mère n'était alors que de passage à Paris, c'est-à-dire n'y
étant venue que pour le temps de ses couches, et que, pressée
par les symptômes douloureux d'une délivrance prochaine,
peut-être prématurée, elle dût en hâte s'arrêter en un logis
ami, naguère le logis du *Croissant,* celui-là même dont
les hôtes devinrent plus tard ses alliés. Dans ce cas,
il s'agirait bien du logis qui appartenait encore, en 1585,
au président Antoine Guyot, et qui, avons-nous dit, passa
aux mains de sa fille, Marguerite Guyot, épouse de
Henri de Richelieu. Incidemment on peut encore rappeler que,
dans l'acte de baptême exhumé par Jal, figure, parmi les
parrains du futur cardinal, un maréchal d'Aumont, qui
semblerait se rapporter au dire du géographe Baudrand ; mais
il n'en peut rien être, car le premier maréchal d'Aumont qui
apparaît aux lieux qui nous occupent, c'est Antoine d'Aumont,
fils du parrain en question, Jean d'Aumont ; et il n'y apparaît
que vers 1629, comme nous le verrons plus loin, c'est-à-dire
quarante-cinq ans environ après ce baptême.

D'autre part, si nous reportons notre attention sur une
annotation que M. Hanotaux a jointe à son dire, nous remar-
quons que l'acte publié par Jal, aurait été reproduit après lui,
en fac-simile, par M. Martineau, dans son *Cardinal de
Richelieu.* Depuis lors, les registres de Saint-Eustache, sur

[1] *Vita Eminentissimi cardinalis Arm. Joan. Plessei Richelii,* etc., Paris 1656, par
Michel de Pure.

lesquels cet acte était inscrit, ont péri, en 1871, dans les incendies de la Commune avec les archives de l'Hôtel-de-Ville ; et M. Hanotaux d'ajouter que « M. Martineau a insisté « avec raison sur un détail, à savoir que les mots *demeurans* « *en la rue du Bouloy* ont été écrits en marge et après coup, ce « qui paraît marquer une certaine hésitation dans l'indication « du domicile à Paris de la famille du Plessis [1]. » Voilà qui est donc bien fait pour révoquer quelque peu en doute l'hypothèse de la naissance de Richelieu rue du Bouloi ; tandis que rien, jusqu'à présent, ne vient contredire les affirmations successives de l'abbé Baudrand, qui nous paraissent plus acceptables, en disant que Richelieu *est né à Paris, dans la rue de Jouy, où est à présent l'hôtel d'Aumont.*

Mais reprenons notre sujet. Aussitôt après les décès prématurés de Marguerite Guyot, de son époux Henri de Richelieu et de leur enfant, on retrouve, dès 1619, leurs deux maisons de la rue de Jouy revenues, par voie d'héritage, aux mains de leur tante, Madeleine Guyot, veuve d'Emar de Paris, écuyer, seigneur de Boissy-le-Châtel ; mais elle n'en garda pas longtemps la propriété. En effet, agissant au nom de Madeleine Guyot, sa mère, et de ses frères et sœurs, Robert de Paris, chevalier, seigneur de Boissy-le-Châtel, écuyer de la petite écurie du roi, vendit, le 5 juillet 1619, ces dites deux maisons, moyennant le prix de 42,000 livres tournois à Me Regnault Lusson, contrôleur-général de la grande chancellerie, qui habitait à côté, et servit, en cette circonstance de prête-nom à un certain Michel-Antoine Scarron, seigneur de Vaures [2], dont il sera encore fait mention ci-après, et avec qui nous ne tarderons pas à faire quelque peu connaissance. Les

---

[1] M. G. Hanotaux, *loc. cit.*, p. 66.

[2] Titres de propriété de la Pharmacie Centrale de France, *Sentence du Trésor du 1er août 1624 ; — Quittance passée devant Michel Groyn et Nicolas Taconnet, not^res, le 31 août 1624.*

droits de lods et ventes de cette acquisition furent de
3,500 livres à payer au Trésor. Dans un titre de 1623, nous
voyons la plus grande de ces deux maisons, avec son jardin,
ainsi désignée : « tenant d'une part audit sieur Lusson...,
« d'autre part à la maison et jardin du sieur de Fourcy... »[1] ;
cette seule désignation fait aisément reconnaître qu'elle occupe
l'emplacement de l'ancien hôtel du *Croissant noir*, alias du
Dé. Quant à l'autre maison, la plus petite, elle est nettement
indiquée par les termes du même titre : « sise au bout dudit
« jardin de ladite grande maison, dont l'issue et entrée est en
« une petite ruelle en cul-de-sac, appelée la *ruelle du Paon-*
« *Blanc* »[1]. Il est évident que cette petite maison n'est autre
que celle à l'*Image Sainte-Catherine*, déjà mentionnée plusieurs fois, et que la ruelle du Paon-Blanc est aussi bien le
cul-de-sac que nous avons déjà rencontré, sous les appellations
successives de *Longue-Allée, ruelle du Mûrier*, puis *impasse
d'Aumont*, et qui accède encore à l'ancienne rue de la Mortellerie, aujourd'hui rue de l'Hôtel-de-Ville, presque vis-à-vis de la
rue du Paon-Blanc, qu'au XVIe siècle, Gilles Corrozet, dans ses
Antiquitez de Paris, appelait, comme sa voisine la *rue de la
Masure*, une *descente sur la rivière*[2].

Enfin, suivant encore le même partage des biens de la
succession de Claude Guyot, du 23 mars 1577 (n. st.), on voit que

---

[1] Titres de propriété de la Pharmacie Centrale de France, *Décret d'adjudication
volontaire du 12 juillet 1623.*

[2] La rue du *Paon-Blanc* doit son nom à une enseigne du voisinage, et la rue de
la Masure à une vieille maison délabrée qui s'y trouvait. Avec la rue des *Degrés*, du
quartier Saint-Denis, les rues du Paon-Blanc et de la Masure, sont les voies publiques les
plus petites et les plus étroites de Paris. Quant à l'enseigne du *Paon-Blanc*, c'était celle
d'une maison de la rue de la Mortellerie, située à droite de l'impasse d'Aumont. Sur le
Terrier du Roy de 1700 (Arch. N[les], Q 1 * 1099 10 C et D), cette maison est indiquée :
« à l'enseigne du *Roy Henry*, et auparavant du *Paon-Blanc*. » Aujourd'hui c'est une
auberge d'aspect assez sordide, dont la devanture est munie d'une grille assurément
séculaire. A l'étage on distingue, à moitié effacées, ces deux inscriptions : 1° « *Au rendez-
vous des enfants de la Creuse et de la Haute-Vienne ;* ce qui nous rappelle que le
quartier est en grande partie habité par des *morteliers*, ouvriers maçons, originaires du
Limousin, et que l'ancienne rue de *la Mortellerie* avait emprunté son nom à leur

l'ancienne maison à l'*Image Saint-Christophe* était échue, cette année-là, à Jean Le Charron, à cause d'Anne Guyot, son épouse, fille aussi de Claude Guyot [1]. Jean Le Charron ne fut pas non plus un personnage de peu d'importance. On le trouve, en maints documents du temps, qualifié de seigneur châtelain de Louans, et pourvu des offices et charges de conseiller du roi en son conseil privé, maître des requêtes, président en la cour des aides et prévôt des marchands en 1572 [2]. Mais il dut inaugurer bien piteusement cette charge municipale. Il n'y avait pas huit jours qu'il était nommé prévôt des marchands, lorsque, très tard dans la soirée, peu d'instants avant le signal du massacre de la Saint-Barthélemy, le roi Charles IX le fit mander avec tout le corps de Ville, pour s'assurer de son concours et lui ordonner de prendre toutes les mesures nécessaires à l'exécution de l'odieuse tuerie qu'il préparait. Le Charron était avant tout un magistrat très respectueux de la légalité; lui et les notables qui l'accompagnaient, comprenant ce qu'on leur demandait, montrèrent d'abord des scrupules. Mais le maréchal de Tavannes les ayant si violemment apostrophés devant le roi, en les menaçant d'être tous pendus s'ils n'obéissaient de suite, il leur parut bien difficile de ne pas tenir compte d'un ordre donné dans ces termes; aussi eurent-ils la faiblesse de se prêter aussitôt à ce qu'on exigeait d'eux [3]. Cependant Le Charron et ses collègues, qui n'avaient obéi qu'à regret, le

profession ; 2° *Au Paon-Blanc, maison fondée en 1793* : cette inscription encadre l'image naïvement peinte d'un paon blanc. Dans ses *Maisons historiques et curieuses* (Joanne, Dict^re de la France, 1898), notre excellent confrère, M. Edmond Beaurepaire, rapporte que « d'après une tradition fort accréditée, Danton, Marat et Camille Desmoulins, auraient tenu plusieurs conciliabules secrets dans ce cabaret. « Mais voici une légende plus curieuse : c'est dans cette rue, à l'auberge même du *Paon-Blanc*, que quelques écrivains naïfs font mourir Marion Delorme à l'âge de 135 ans, le 5 janvier 1741.

(1) Titres de propriété de la Pharmacie Centrale de France, *Sentence de l'Hôtel-de-Ville du 5 mai 1589*.

(2) Bibl. N^le, Ms., Cab. des Tit., *Dossiers bleus*, vol. 342.

(3) Brantôme, *Œuvres complètes*, édition de Ludovic Lalanne, t. V. p. 119.

lendemain furent pris d'épouvante en voyant la ville entière
livrée à la soldatesque et aux malfaiteurs qu'ils étaient
impuissants à contenir. Vers midi, ils allèrent au Louvre
faire des remontrances au roi. Celui-ci, dont la première
fureur était tombée et qui envisageait les suites du crime
qu'on lui avait fait commettre, les accueillit favorablement,
leur ordonna de monter à cheval, de parcourir les rues et de
faire cesser les troubles. Il n'empêche que, malgré le zèle des
magistrats municipaux, les massacres durèrent huit jours [1].

Jean Le Charron ne garda pas, sa vie durant, la maison à
l'*Image Saint-Christophe;* car il la donna à sa fille, Marie Le
Charron, lors de son mariage avec Claude Le Tonnelier,
conseiller du roi, secrétaire de sa chambre et trésorier général
de ses finances à Paris [2]. Après la mort de ce dernier, sa
veuve, Marie Le Charron, donna, à son tour, cette maison à
sa fille Anne Le Tonnelier, lors de son mariage aussi avec
Regnault-Lusson, conseiller secrétaire du roi, contrôleur
général de la chancellerie, déjà mentionné, suivant contrat du
18 août 1616, passé devant Etienne Tolleron et Nicolas Boucher,
notaires à Paris. Enfin, le 9 février 1623, lesdits sieur Lusson et
demoiselle Le Tonnelier, qui habitaient cette maison, la vendirent, moyennant la somme de 19,000 livres tournois, à Michel-
Antoine Scarron, dont nous allons immédiatement parler [3].
L'acte de vente rappelle que ladite maison était située dans la
censive du couvent des Billettes, à cause de leur *fief aux
Flamands* [4], dont une extrémité, ainsi que nous l'apprend un
titre postérieur, formait ici, dans le domaine du roi, une petite

(1) Le Roux de Lincy, *loc. cit.*, p. 262.
(2) Titres de propriété de la Pharmacie Centrale de France, *Sentence de l'Hôtel-de-
Ville du 5 mai 1589.*
(3) Idem, *Acte passé devant Guy Rémond et Nicolas Taconnet, notres, le 9 février 1623.*
(4) Le *fief* ou *Terre aux Flamands*, qu'on appelait, à l'origine, le *Champ aux Bretons*,
ou *la Bretonnerie*, est l'ancien domaine où fut construit le monastère des Billettes
(aujourd'hui le temple protestant de la rue des Archives) ; ce fief s'étendait jusqu'à la
rue de Jouy. Il fut acquis par les Billettes, le 8 juillet 1381, de Guillaume de Hangest,

enclave mesurant sept toises de long en façade, à compter de la maison à l'enseigne de l'*Ermitage*, sur onze toises de profondeur : soit une contenance de soixante-dix-sept toises carrées, qui comprenait la maison à l'enseigne du *Croissant noir* et celle à l'*Image Saint-Christophe*[1].

*
* *

En récapitulant ce qui précède, on constate aisément que la totalité de l'héritage laissé, vers 1576, par Claude Guyot, rue de Jouy, était passée aux mains de Michel-Antoine Scarron, suivant deux actes de vente différents : l'un, du 5 juillet 1619, comprenant la grande maison à l'enseigne du *Croissant*, avec la petite maison à l'*Image Saint-Jacques*, qui y était enclavée, et celle de derrière à l'*Image Sainte-Catherine*, le tout ensemble moyennant le prix de 42,000 livres ; l'autre, du 9 février 1623, ne comportant que la maison à l'*Image Saint-Christophe*, moyennant 19.000 livres. C'est sur l'emplacement de ces maisons que fut commencé, par la suite, l'hôtel d'Aumont.

Mais Michel-Antoine Scarron ne borna point là ses acquisitions. Il agrandit encore son domaine, en achetant, le 22 novembre 1630, à Thomas Morant, chevalier, seigneur et baron du Mesnil-Garnier, conseiller du roi en ses conseils, grand trésorier de ses ordres, et à Françoise de Vieux-Pont, son épouse, « une maison, sise rue de la Mortellerie et consistant en un grand « corps de logis, appliqué à caves, cuisine au-dessus, salle à « côté de la dite cuisine, quatre chambres, deux greniers à « côté l'un de l'autre, galeries, deux autres petites chambres,

écuyer, en échange d'un autre fief sis au Mesnil-Madame Rance (Titres de propriété de la Pharmacie Centrale de France, *Sentence du Trésor du 1er août 1624*) ; — Jaillot, *loc. cit.*, t. III, *Quartier Sainte-Avoie*, p. 13, 14 et 15.

(1) Titres de propriété de la Pharmacie Centrale de France, *Bornage de la partie de l'hôtel d'Aumont relevant des carmes Billettes, du 5 mai 1674.*

« le tout couvert de tuiles, cour, puits en icelle et écuries. Les
« lieux ainsi qu'ils se poursuivent, comportent et étendent de
« toutes parts et de fonds en comble ; tenant d'une part au sieur
« Gastel, d'autre part à la *Cour Gencien*[1] ; aboutissant par
« derrière au sieur de Vaures (M.-A. Scarron), et par devant
« sur la dite rue de la Mortellerie,... étant en la censive du
« roi, » moyennant le prix de 812 livres 10 sols tournois de
rente annuelle et perpétuelle [2]. C'est cette maison qui deviendra
plus tard le *petit hôtel d'Aumont*. On donnait autrefois le nom
de *petit hôtel* au corps de logis affecté aux officiers et aux
serviteurs du maître de la maison. L'emplacement du *petit
hôtel d'Aumont* est représenté sur le *Terrier du Roy de 1700 ;*
il correspond, aujourd'hui, à l'immeuble portant le numéro 14
de la rue de l'Hôtel-de-Ville.

Il est temps, à présent, de nous informer de ce qu'était
Michel-Antoine Scarron. Dans les titres d'acquisitions que
nous venons de citer, il est qualifié de seigneur de Vaures
et de Vaujours, conseiller du roi et contrôleur des ponts et
chaussées de France. Dans d'autres titres, il est encore dit :
conseiller secrétaire du roi, puis conseiller d'Etat, et maître
d'hôtel ordinaire du roi ; il a été aussi intéressé dans la ferme
générale des gabelles, et trésorier général de France. Il était
d'une famille noble et ancienne, originaire du Piémont, qui
vint s'établir à Lyon, dès le xvᵉ siècle, et de laquelle sont issus

---

(1) Sur le *Terrier du Roy de 1700*, cette désignation de *Cour Gencien* ou *Gencienne*
est le nom de l'enseigne d'une maison, qui correspond actuellement au numéro 18 de
la rue de l'Hôtel-de-Ville. Il est probable que cette enseigne était là en souvenir du
grand logis de la *Cour Gencien*, dont nous avons parlé plus haut, d'après Sauval
et Jaillot ; lequel grand logis devait s'étendre depuis le cul-de-sac, devenu l'impasse
d'Aumont, jusqu'au numéro 16 actuel de la rue. Ce nom de *Cour Gencien* se rattache
évidemment au souvenir de la famille Gencien, dont nous avons montré ici près l'un
des anciens logis, devenu *l'hôtel de Fourcy*. La *Cour Gencien* est vraisemblablement une
ancienne dépendance du logis primitif ; laquelle était bien déchue de son ancienne
splendeur, puisque, comme nous l'avons aussi rappelé, Sauval la comparait à une
véritable cour des miracles.

(2) Titres de propriété de la Pharmacie Centrale de France, *Acte de vente passé
devant Claude Dubois et Nicolas Taconnet, notʳᵉˢ, le 22 novembre 1630.*

les seigneurs de Saint-Try, de la Guespierre, de Rosnay, de
Mandiné, de Bois-Larcher, de Vaures, de Vaujours, de Diores
et autres lieux. La généalogie des Scarron, suivant d'Hozier,
le juge-général des armes et blasons de France, remonte à
Jean Scarron, seigneur de la Casa-Civile et gouverneur de
Montcalier, en Piémont, qui fonda, en 1293, la chapelle des
Scarron, en l'église collégiale de Notre-Dame de la Scala,
à Montcalier. On y voit sa sépulture en marbre blanc, avec
ses armes, qui sont restées celles de sa famille : *d'azur à la
bande bretessée d'or*. Il était le trisaïeul d'un autre Jean Scarron,
qui vint se fixer à Lyon en 1480, et dont le fils, Guillaume
Scarron, maître des ponts et contrôleur des finances de cette
ville, en fut de plus échevin, en 1545 et 1546. Enfin, un
petit-fils de ce dernier fut Michel-Antoine Scarron, celui qui
nous occupe à présent. Il avait épousé Catherine Thadey,
dont le nom se retrouve sur chacun des titres de vente ou
d'acquisition de son mari. Les membres de cette famille
exerçaient aussi depuis longtemps des charges importantes dans
la magistrature ; citons entre autres : Jean Scarron, reçu conseiller
au parlement en 1568 ; Pierre Scarron, évêque de Grenoble,
célèbre par sa grande barbe, et qui, dès 1603, était aussi
conseiller à la même cour souveraine ; puis un autre
Jean Scarron, seigneur de Mandiné, membre également du
parlement et prévôt des marchands en 1644. Le moins opulent,
mais le plus illustre d'entre tous, fut assurément Paul Scarron,
l'auteur du *Roman comique* et du *Virgile travesti ;* par son père,
aussi conseiller au parlement, il se trouvait être le neveu à la
mode de Bretagne de notre Michel-Antoine Scarron [1].

De son mariage avec Catherine Thadey, Michel-Antoine
Scarron, en outre d'un fils dont il sera fait mention ci-après,

[1] Bibl. Nle, Manuscrits, *Cabinet des titres : Pièces originales.* n° 2660 ; *Dossiers
bleus,* n° 606. — Moréri, *Dictionnaire historique.* — A. de Boislisle, *Paul Scarron et
Françoise d'Aubigné* (1894, in-8°), p. 99.

eut une fille, Catherine Scarron, qui épousa, le 14 mars 1629, Antoine d'Aumont, marquis de Villequier [1], qui fut fait, par la suite, maréchal de France : on l'appelait alors le marquis de Villequier, à cause de sa mère Catherine de Villequier, dont il tenait, par héritage, la terre de ce nom [2].

Michel-Antoine Scarron ne devait pas longtemps trouver de son goût les anciens logis qu'avaient successivement habités, rue de Jouy, les Guyot, les Viole, les Le Charron et les Richelieu, qui furent cependant, nous l'avons vu précédemment, d'assez opulents personnages. Il fit donc abattre les anciens bâtiments pour les remplacer par un grand hôtel. Cet hôtel était presque entièrement construit en 1648, car il est ainsi mentionné dans un titre daté du 13 juillet de cette année : « une grande maison avec jardin et cour en laquelle le dit « Sʳ Scarron est demeurant, prétendue bastie sur la place « où estoient antiennement basties deux maisons, en l'une « desquelles estoit pour enseigne le *Croissant noir,* et en l'autre « l'*Imaige Sainct-Christophe* » [3]. Du reste, c'est précisément cette année-là qu'Antoine d'Aumont vendit sa maison de la place Royale (aujourd'hui place des Vosges, nᵒ 13) au président des Hameaux [4], et vint se fixer définitivement rue de Jouy, chez son beau-père.

L'année suivante, Michel-Antoine Scarron fit parachever les bâtiments de ladite grande maison, et, suivant un traité qu'il avait passé, le 4 mai 1649, avec son gendre, celui-ci paya, en conséquence, à l'architecte et aux entrepreneurs une somme totale de 30,000 livres tournois, répartie ainsi qu'il suit : à Louis Le Vau [5], architecte du roi, 204 livres pour les

---

(1) La Chesnaye-Desbois, *Dictionnaire de la Noblesse.*
(2) A. Jal, *loc. cit.*
(3) Titres de propriété de la Pharmacie Centrale de France, *Sentence du Trésor du 13 juillet 1648.*
(4) Sauval, *loc. cit.,* t. II, p. 157. — G. Saige, *Journal des Guerres civiles* (1648-1652), t. Iᵉʳ, p. 20.
(5) Louis II, Le Vau, architecte, né en 1612, mort en 1670.

dessins et plans des bâtiments susdits, suivant quittance du 21 janvier 1650, passée devant Baudry et Groyn, notaires ; à Michel Villedo, maître des œuvres des bâtiments du roi, 19,412 livres 10 sols, en six paiements, dont le dernier à la date du 13 juin 1650 ; à Pierre Moreau, maître charpentier, 4,150 livres en trois quittances ; à Jacques Barbe, maître couvreur, 1,000 livres ; à Lucas Badin, maître plombier, 1,000 livres ; à Jacques Vallin, maître menuisier, 2,100 livres en trois quittances ; à Guillaume Lhermessin, maître serrurier, 1,000 livres ; à Simon Carré, maître paveur, 800 livres ; et à Louise Thierry, veuve d'Etienne Manqué, maître vitrier, 333 livres 10 sols. Pour tenir compte à son gendre de cette avance de 30,000 livres, Michel-Antoine Scarron lui constitua une rente de 1,500 livres par contrat du 15 mai 1651 [1].

Dans la répartition que nous venons d'énumérer, deux noms sont à retenir : Le Vau, architecte, et Villedo, entrepreneur de maçonnerie. Jusqu'à présent, la plupart des historiens ont affirmé que c'était François Mansart, le vieux Mansart, qui avait fourni les plans et les dessins de cet hôtel, tandis qu'il n'y mit la main que pour l'agrandir pour le compte d'Antoine d'Aumont, après la mort de Scarron, comme Blondel l'a avancé dans son *Architecture française* [2]. Louis Le Vau est donc bien le premier architecte de cette demeure. On l'ignorait jusqu'à présent, et c'est pour nous une bonne fortune d'être le premier à le signaler. Ce Louis Le Vau est celui qui construisit l'hôtel Lambert, dans l'île Saint-Louis, les châteaux de Vaux et du Raincy, le collège des Quatre-Nations (aujourd'hui le palais de l'Institut, etc., etc.) : c'est assez dire pour justifier son talent et sa notoriété. Son titre d' « architecte du roi » nous empêche du reste de le confondre avec son père, Louis Le Vau,

---

[1] Titres de propriété de la Pharmacie Centrale de France. *Constitution de rente passée devant Baudry et Groyn, notres, le 15 mai 1651.*

[2] J.-F. Blondel, *Architecture françoise* (édition de 1752, 7 vol. in-f°), t. II, p. 124.

grand-voyer et inspecteur-général des bâtiments du roi à Fontainebleau. Notre Louis Le Vau, l'architecte de Scarron, est appelé aussi *l'aîné*, pour le distinguer de son frère cadet, François Le Vau, plus connu comme ingénieur-constructeur de ponts que comme architecte [1].

Quant au deuxième nom, celui qui vient en tête de liste des entrepreneurs de l'hôtel de Scarron, il s'agit de Michel Villedo, qui fut un des plus gros entrepreneurs de maçonnerie qui aient travaillé, en ce temps-là, à Paris, où il était venu en sabots, et avait débuté, en servant les maçons, comme manœuvre et gâcheur de mortier. Il s'enrichit sous le règne de Louis XIII. C'est lui qui commença l'aplanissement de la butte Saint-Roch et y construisit les premières maisons, vers 1649, notamment dans la rue qui porte son nom [2].

Nous pouvons borner ici cette phase nouvelle de notre étude. Michel-Antoine Scarron mourut le jour de Pâques 1655, comme l'indiquait l'épitaphe de son tombeau, placé jadis dans l'église des religieuses de l'Ave-Maria (aujourd'hui le petit lycée Charlemagne), où son épouse, Catherine Thadey, décédée le 5 novembre 1658, fut aussi inhumée [3]. Sans être un homme très considérable, Michel-Antoine Scarron fut du moins un homme très considéré. Pendant les troubles de la Fronde, ce beau-père d'un lieutenant-général des armées en passe de devenir maréchal de France, s'il ne l'est déjà, se trouvait à la tête de la milice bourgeoise de son quartier. On sait que Paris se trouvait alors divisé en seize quartiers. La milice de chaque quartier était composée de six compagnies, et s'appelait une *colonelle*, parce qu'elle était com-

(1) Bauchal, *Nouveau dictionnaire des architectes français*.
(2) Edouard Fournier, *Enigmes des rues de Paris*, p. 179.
(3) Bibliothèque historique de la Ville de Paris, Epitaphier manuscrit (n° 11749), t. 1er, p. 55.

mandée par un colonel. Or, notre Scarron commandait, à ce titre, la milice du quartier de la Mortellerie, avec son fils Thomas Scarron, comme lieutenant-colonel[1]. D'ailleurs, des titres nous montrent celui-ci capitaine de la galère de la Reine.

*
* *

Un an après la mort de Michel-Antoine Scarron, sa veuve, Catherine Thadey, ses fils, Thomas Scarron, chevalier, seigneur de Vaures, capitaine de la galère de la reine, et Jean Scarron, conseiller du roi en sa cour de parlement, et consorts, vendirent, suivant contrat du 1er mars 1656, l'hôtel de la rue de Jouy, avec toutes ses dépendances, au maréchal Antoine d'Aumont et à Catherine Scarron, son épouse, moyennant le prix de 174,000 livres tournois, en déduction duquel lesdits acquéreurs donnèrent décharge et quittance des 1,500 livres de rente, que leur devait la succession, pour les 30,000 livres naguère avancées par eux pour le parachèvement de l'hôtel. Dans ce contrat, la propriété est ainsi décrite : « Une grande maison sise en cette ville de Paris, rue de « Jouy, paroisse Saint-Gervais, en laquelle lesdits seigneur « maréchal et son épouse sont demeurans, consistant en « plusieurs bastimens, corps de logis, grande court, escurie, « offices, caves, cuisines, grand jardin ; plus deux maisons « estant au derrière dudit jardin, qui ont leur entrée par la « rue de la Mortellerie ; tous les lieux ainsy qu'ils se pour- « suivent et comportent..., tenant d'une part la dite grande « maison, rue de Jouy, à Mme de Fourcy et autres, d'autre à « Me Dreux de Landelle, procureur au Châtelet de Paris, et « à (en blanc) ; aboutissant par derrière aux dites deux « maisons, et pardevant sur ladite rue de Jouy ; et lesdites

[1] G. Saige, loc. cit., t. II, p. 32 et 357.

« deux maisons auxquelles aboutist ledit jardin, tenant d'une
« part à M. Portail de Montesson, d'autre à (en blanc), et
« qui aboutissent à (en blanc). Estans lesdites maisons tant en
« la censive du Roy nostre Sire qu'en celle des autres
« seigneurs dont ce meut, et chargées des cens qu'elles
« peuvent debvoir pour toutes charges. Lesquelles maisons
« sont de la succession dudit deffunt Scarron, et ont esté
« acquises par luy... »[1]. Cet acte de vente est accompagné
de deux ensaisinements : l'un du fermier du domaine du roi ;
l'autre du prieur du couvent des Billettes, à cause du fief aux
Flamands.

Mais le maréchal d'Aumont et son épouse Catherine
Scarron ne devaient point s'en tenir là. Dans le but de donner
plus d'extension à leur hôtel, sur la rue de Jouy, ils firent
encore les quatre acquisitions suivantes :

La première, en date du 18 mars 1662, consistant en un
grand corps de logis sur le devant, avec une porte cochère,
une cour où il y avait deux petits bâtiments, du côté droit en
entrant, et un jardin au bout de ladite cour ; le tout « tenant
« d'une part et d'un long à l'hostel desdictz seigneur et dame
« d'Aumont, d'autre et par devant au sieur Estor et demoiselle
« Maillard, sa femme, et à costé à demoiselle Françoise Fizeaux,
« vefve de feu Monsieur de Caen, et aboutissant par derrière
« dudit jardin à Monsieur Portail de Montesson, conseiller à la
« cour des Aydes, et par devant sur ladite rue de Jouy ». Cette
acquisition se fit, moyennant 23,000 livres, des héritiers de
Dreux de Landelle, en son vivant procureur au Châtelet de Paris,
à qui la propriété appartenait, comme héritier de Nicolas de
Landelle, son père, qui fut aussi procureur au Châtelet, et suivant
acte de partage du 5 juillet 1624. Dans l'acte de vente, il est

---

(1) Titres de propriété de la Pharmacie Centrale de France, *Acte de vente passé le
1er mars 1656, devant François de Turmenies et Michel Groyn, notres.*

indiqué que cette propriété est achetée par les époux d'Aumont pour servir de communs et de basse-cour à leur hôtel [1].

La deuxième acquisition est du 3 janvier 1663 ; elle a été faite au prix de 15,000 livres, par Mme la maréchale d'Aumont, seule, de ses propres deniers et pour son compte personnel, de Françoise Fizeaux, veuve de Pierre de Caen, conseiller du roi au parlement et trésorier de l'extraordinaire des guerres en Brie ; celle-ci en avait recueilli la propriété suivant partage du 6 juin 1643, comme fille de Marguerite de Landelle, veuve de Charles Fizeaux, commissaire-examinateur au Châtelet, laquelle auparavant la tenait en héritage de son père, Nicolas de Landelle, mentionné ci-dessus, par acte de partage du 5 juillet 1624 ; et Nicolas de Landelle l'avait acquise, par adjudication du 9 août 1597, sur la succession de Germain Dodier, procureur au parlement. En 1663, cette propriété consistait en une maison sise rue de Jouy, comportant un corps de logis, une cour avec un petit jardin à côté, une galerie, un puits mitoyen ; l'entrée de la maison était dans la rue de Jouy, par une allée, dont le dessus et le dessous ne dépendaient pas [2].

La troisième acquisition fut de même faite par la maréchale d'Aumont, seule et en son propre nom, de Pierre Estor, bourgeois de Paris, et de Marguerite Maillard, son épouse, le 17 août 1663, moyennant le prix de 11,000 livres. Cette acquisition consistait en une maison, sise rue de Jouy, avec une petite cour où il y avait un puits mitoyen avec la maison de Mme de Caen, acquise précédemment par la maréchale ; « tenant d'une part à (en blanc) aux dits sieur et dame « d'Aumont, à cause de l'acquisition qu'ils ont faite des « héritiers Landelle, par derrière à ladite maréchale à cause

(1) Titres de propriété de la Pharmacie Centrale de France, Contrat du 18 mars 1662, passé devant Eustache Cornille et Michel Groyn, notres.

(2) Idem, Décret du 9 août 1597, et Contrat du 3 janvier 1663, passé devant Groyn et son confrère, notres.

« de l'acquisition qu'elle en a aussi faite de ladite dame de
« Caen, et pardevant sur la rue de Jouy ». La propriété
étant venue aux dits vendeurs du propre de Marguerite Maillard,
à qui la maison aurait été baillée en dot, lors de son mariage
avec Pierre Estor, par Balthazar Maillard, conseiller du roi,
et son épouse Marguerite Fizeaux, ses père et mère, suivant
contrat du 6 juillet 1643 ; auxquels sieur et dame Maillard
la maison appartenait à cause de ladite dame Maillard qui en
avait hérité, le 6 juin 1643, de Marguerite de Landelle, épouse
de Charles Fizeaux, commissaire-examinateur au Châtelet,
laquelle était fille et héritière de Nicolas de Landelle, et aïeule
de ladite dame Estor [1]. Parmi les titres qui accompagnent ce
contrat d'acquisition, est joint l'acte par lequel Nicolas Viole,
conseiller du roi au parlement, héritier par bénéfice d'inventaire de Pierre Viole, sieur du Chemin, son père, vendit la
maison à Nicolas de Landelle, procureur au Châtelet de
Paris [2].

Enfin, la quatrième et dernière acquisition, sur la rue de
Jouy, fut encore faite de même par la maréchale d'Aumont, seule
et en son propre nom, le 18 juillet 1664, de Marguerite Minot,
veuve en dernières noces de Thomas Gobert, maître-maçon,
bourgeois de Paris, au prix de 4,500 livres tournois. Il ne
s'agit plus cette fois que d'un petit corps de logis, de 22 pieds
de long sur 18 de large, dépendant d'une maison appartenant
à ladite veuve Gobert, située rue de Jouy, à l'enseigne de l'Y
(i grec); tenant d'une part aux époux d'Aumont, d'autre part à
ladite demoiselle Minot; et aboutissant par derrière à Marthe
Boucher. Ce petit immeuble appartenait à Marguerite Minot,
tant au moyen de l'abandon qui lui en avait été fait par les

[1] Titres de propriété de la Pharmacie Centrale de France, *Contrat passé le 17 août 1663, devant Eustache Cornille et François Gaultier, notres.*

[2] Idem, *Contrat passé le 21 juillet 1600 devant Etienne Tolleron et Nicolas Privé, notres.*

enfants et héritiers de son défunt mari, suivant une transaction du 12 février 1663, qu'en conséquence de la vente qui en avait été faite à elle et son époux, le 10 février 1662, par François Cornoailles, avocat à la cour du parlement, en son nom et comme tuteur de ses enfants mineurs, qu'il avait eus d'Anne Fizeaux, jadis sa femme, à qui la propriété appartint par héritage de son père, Charles Fizeaux, époux de Marguerite de Landelle, qui la tenait de son père Nicolas de Landelle [1].

Chacune des trois premières acquisitions, qui précèdent, porte, en marge de son contrat, la notification d'ensaisinement du prieur des Carmes Billettes; quant à la quatrième, l'ensaisinement est signé de l'abbé de Tiron, dans la censive duquel se trouve l'immeuble que cette acquisition comporte.

En résumé, il est facile de constater que les immeubles, objets de ces quatre acquisitions, constituaient, quelque soixante ans auparavant, la totalité de l'héritage du procureur Nicolas de Landelle, rue de Jouy. Ils correspondent aujourd'hui au numéro 5 de cette rue. Désormais, ils vont subir les transformations nécessaires à leur nouvelle destination, c'est-à-dire leur annexion à l'hôtel d'Aumont, dont il n'existait encore que les bâtiments se rapportant actuellement au numéro 7.

Avant que M. et Mme d'Aumont n'agrandissent leur hôtel en façade sur la rue de Jouy, ils avaient déjà commencé par s'étendre en profondeur vers la rue de la Mortellerie, où nous avons vu précédemment que se trouvait la maison, achetée par Michel-Antoine Scarron, qui sera le *petit hôtel d'Aumont*. Ils avaient en effet, de ce côté, acquis de Claude d'Alesso, conseiller au parlement, suivant contrat passé devant Demonthenault et Groyn, notaires à Paris, le 4 octobre 1659, moyennant la somme de 26,000 livres, la maison appelée la *cour Gencienne*, où il y

(1) Titres de propriété de la Pharmacie Centrale de France, *Contrat passé le 18 juillet 1664 devant Gaudion et Gaultier, not^res.*

avait pour enseigne *le Sabot*. Cette maison, qui ouvrait sur la rue de la Mortellerie, aboutissait au jardin de l'hôtel d'Aumont [1]; d'après le *Terrier du Roy de 1700*, elle correspond aujourd'hui au numéro 18 de la rue de l'Hôtel-de-Ville : elle est bien évidemment cette *cour Gencien*, que nous avons mentionnée précédemment d'après les historiens Sauval et Jaillot.

Puis, dans le but d'accroître ce jardin, ils firent encore, du même côté, le 7 juillet 1666, l'acquisition d'une grande maison, accompagnée d'une autre maison plus petite, avec un jardin « planté de buis et d'une allée de filarias » ; le tout appartenant alors à Marie-Anne Baudin, veuve de Louis Portail, sieur de Montesson, conseiller à la cour des aides ; tenant, d'une part, au sieur Audigier, marchand de blé, d'autre part à la maison dite *des Balances*, dont il va être question ; aboutissant, par derrière, aux sieur et dame d'Aumont, et, par devant sur la rue de la Mortellerie [2].

Enfin, la dernière acquisition des époux d'Aumont, sur la rue de la Mortellerie, est celle qu'ils firent, le 2 juin 1668, des créanciers de feu Louis Portail, au prix de 12,640 livres, des trois quarts d'une maison, sise rue de la Mortellerie, à l'enseigne *des Balances*, consistant en deux corps de logis, l'un sur la rue, l'autre sur le derrière, une cour entre deux, une autre petite cour derrière le deuxième corps de logis, et un autre corps de logis [3]. Le dernier quart de laquelle maison a été acheté par Mme la maréchale d'Aumont, après la mort de son mari, des héritiers de feu Jean Dupont, le 23 octobre 1671, moyennant la somme de 5,600 livres [4]. Attenante à la précédente, la maison *des Balances* était d'autre part contiguë *au petit hôtel*

---

(1) Titres de propriété de la Pharmacie Centrale de France, *Extrait des registres du Parlement*, du 15 avril 1660 ; *Contrat du 13 février 1680, passé devant Galloys et Laurent, not^res*.

(2) Idem, *Contrat du 7 juillet 1666, passé devant Guichard, not^re*.

(3) Idem, *Idem du 2 juin 1668, passé devant Gaultier, not^re*.

(4) Id., *Id. du 23 octobre 1671, passé devant Ménard, not^re*.

d'Aumont. Ces trois maisons réunies forment à présent le numéro 14 de la rue de l'Hôtel-de-Ville ; elles étaient séparées de la *Cour Gencienne* par la maison d'Audigier, indiquée, sur le *Terrier du Roy de 1700*, à l'enseigne de *la Traverse*.

Suivant les notifications d'ensaisinement qui accompagnent les contrats de ces trois dernières acquisitions, on remarque que celles-ci et leurs dépendances relèvent toutes entièrement de la censive du roi.

Le domaine de l'hôtel du maréchal d'Aumont est donc désormais constitué. Il ne nous reste plus qu'à suivre la nouvelle et dernière transformation de cette demeure. Mais, auparavant, nous pensons qu'il est nécessaire de faire la présentation du nouveau maître de céans, en commençant par ses origines.

Antoine d'Aumont appartenait à une illustre maison dont l'origine se perd dans l'obscurité des temps. Cette maison avait pris son nom de la terre d'Aumont située dans l'Ile-de-France, près de Méru, à trois lieues de Beauvais, qu'elle a possédée jusqu'en 1482, où Jean V d'Aumont la donna en partage à Ferry, son frère puîné. La fille de celui-ci, Anne d'Aumont, son héritière principale, l'apporta en dot, en 1522, à Claude de Montmorency, baron de Fosseux, dont le fils, Georges de Montmorency, l'eut en partage à son tour. Ce dernier ne laissa qu'une fille, Marguerite, mariée à Richard Le Pelletier, seigneur de Martainville, en Normandie, dont les descendants jouissaient encore de la terre d'Aumont en 1637. L'abbaye de Ressons, de l'ordre des Prémontrés, sise dans le Vexin français, doyenné de Chaumont, au diocèse de Rouen, qui n'était à l'origine qu'un prieuré, lequel fut érigé en abbaye, en 1125, reconnut les anciens seigneurs d'Aumont pour ses principaux fondateurs et bienfaiteurs : ils y avaient, à ce titre, droit de sépulture [1].

De cette famille sont issus les seigneurs de Chapes, de

(1) *Histoire généalogique,* par le P. Anselme.

Châteauroux, de Clairvaux, de Rochebaron, de Villequier, d'Humières. Elle compte, parmi ses membres, plusieurs personnages illustres de notre ancienne histoire. Jean III, sire d'Aumont, écuyer, sergent d'armes du roi, se trouva, en 1328, à la bataille de Cassel, et servit, sous Philippe de Valois, dans toutes les occasions importantes. Pierre II le Hutin, sire d'Aumont, son petit-fils, qui avait porté les armes pendant plus de quarante ans, fut porte-oriflamme et mourut en 1413. Le fils de ce dernier, Jacques d'Aumont, chambellan du roi, fut tué à la bataille de Nicopolis, en 1396; son frère Jean IV, échanson du roi, périt à la bataille d'Azincourt, en 1415. Enfin Jean VI se distingua dans les guerres de religion et fut fait maréchal de France en 1579. Sa rudesse l'avait fait surnommer à la cour le *franc gaulois*. Après la mort de Henri III, en 1589, il fut l'un des premiers à reconnaître Henri IV, qui lui donna le gouvernement de Champagne. Il se trouva à la bataille d'Arques et à celle d'Ivry; c'est à lui que Henri IV dit le soir de cette journée, en l'invitant à souper : « Il est juste que vous soyez du festin, après « m'avoir si bien servi à mes noces. » Il fut ensuite nommé gouverneur de la Bretagne, où il eut à lutter contre le duc de Mercœur, chef des ligueurs dans cette province. Il mourut, le 19 août 1595, d'un coup de mousquet au siège de Comper, près de Rennes; il était âgé de soixante-dix-sept ans, et avait servi sous six rois : François Ier, Henri II, François II, Charles IX, Henri III et Henri IV [1].

Son fils Jacques d'Aumont, gentilhomme de la chambre du roi, fut prévôt de Paris et mourut en 1614; il avait épousé Catherine de Villequier, fille unique de René de Villequier, gouverneur de Paris et premier gentilhomme de la chambre du roi [2].

[1] *Nouveau Dictionnaire historique* (1786); — *Nouvelle biographie générale* de Didot; — *Dictionnaire historique de la France*, par Ludovic Lalanne.
[2] Comme cette expression de *premier gentilhomme de la chambre* reviendra plus d'une fois au cours de la présente notice, nous croyons utile d'en rappeler ici la signification. Les *gentilshommes de la chambre* étaient des officiers de cour qui servaient auprès de la

Il eut de ce mariage, entre autres enfants, le maréchal Antoine d'Aumont, qui nous occupe.

Né vers 1600, Antoine d'Aumont fut élevé auprès de Louis XIII, dont il était un des enfants d'honneur. La fortune ne pouvait guère manquer de lui être favorable. Elle le combla. Il faut dire que ce petit-fils de maréchal de France sut par ses bons services justifier ses faveurs. Il servit d'abord, comme volontaire, au siège de Montauban, en 1621 ; fut blessé au combat de l'île de Ré, en 1627 ; se trouva en 1628, au siège de La Rochelle, et, en 1629, à l'attaque du Pas-de-Suse, à la prise de Courtrai, de Mardick, de Dunkerque, de Lens et de Condé ; commanda l'aile droite à la bataille de Rethel gagnée sur Turenne lui-même en 1650, et contribua beaucoup au succès de cette journée. Il fut successivement capitaine des gardes du roi, en 1632 ; chevalier de l'ordre de Saint-Michel, en 1633 ; gouverneur de Boulogne et du pays boulonnais, en 1635 ; lieutenant général des armées en 1644 ; maréchal de France, en 1651 ; gouverneur de Paris, en 1662 ; enfin duc et pair, en 1665 (1).

Par l'énumération de ses terres ou seigneuries, qui accompagne ordinairement son nom dans les titres de propriété de son hôtel, on peut juger de l'étendue et de l'importance de ses

personne du roi de France. L'office de *premier gentilhomme de la chambre du roi* fut institué par François Iᵉʳ, en 1545, lorsqu'il eut supprimé la charge de *grand chambrier de France*, après la mort de son fils Charles, duc d'Orléans, qui était pourvu de cette charge. Henri IV en créa un deuxième. Depuis Louis XIII, il y eut quatre premiers gentilshommes de la chambre. Ils remplissaient par année, auprès du roi, les fonctions du grand chambellan absent, lui présentaient la chemise, le servaient quand il mangeait dans sa chambre, réglaient le service et la dépense, les deuils de la cour, les divertissements, ballets, comédies, mascarades, surveillaient les théâtres royaux, choisissaient les pièces et les artistes, etc. — Outre les quatre premiers gentilshommes, il y avait les *gentilshommes ordinaires du roi*, qui servaient par semestre. Leur nombre a plusieurs fois varié ; il y en avait vingt-six sous Louis XIV. Les gentilshommes ordinaires de service devaient se trouver au lever et au coucher du roi, et l'accompagner partout, afin d'être toujours à portée de recevoir ses ordres. Lorsque le roi se rendait à l'armée, ils lui servaient d'aides-de-camp.

(1) Le P. Anselme, *loc. cit.* ; — La Chesnaye-Desbois, *loc. cit.* ; — Saige, *loc. cit.*, t. Iᵉʳ, p. 20.

richesses domaniales. C'est ainsi qu'on voit le maréchal d'Aumont qualifié de seigneur de Rochebaron, comte de Brézé, baron de Chapes, Rochetaillée, Joucy, La Mothe, Seur et Liz, marquis de Villequier, d'Isle, Noslay et autres lieux. Lorsqu'il fut créé duc et pair, il est bon d'observer que ce ne fut point la terre ancestrale d'Aumont en Ile-de-France qui fut érigée en duché-pairie, puisque la famille d'Aumont, avons-nous dit, ne la possédait plus depuis 1482, mais bien le marquisat d'Isle en Champagne, qu'Antoine d'Aumont avait acquis en 1648, et qui fut désormais appelé Isle-Aumont [1]. Les armes de la maison d'Aumont étaient : *d'argent au chevron de gueules, accompagné de sept merlettes de même, quatre en chef et trois en pointe.* Le maréchal d'Aumont portait : *écartelé au 1 d'Aumont; au 2 de Villequier* [2] *; au 3 écartelé, au 1 et 4 de Chabot* [3]*, au 2 de Luxembourg* [4]*, et au 3 de Baux* [5] *; au 4 grand quartier de Rochechouart* [6]*; et sur le tout de Rochebaron* [7].

Antoine d'Aumont qui avait suivi le roi en Flandre, en 1667, puis en Franche-Comté, l'année suivante, mourut subitement à son retour d'une attaque d'apoplexie, le 11 janvier 1669, âgé de soixante-neuf ans. S'il fut inférieur en talents à son grand-père, il ne manqua point cependant de certain mérite; il fut surtout un adroit et fin courtisan. Son faste et ses grands airs l'avaient fait surnommer *Tarquin le Superbe* [8].

Indépendamment de l'extension domaniale de son hôtel de

(1) Isle-Aumont, commune du département de l'Aube, arrondissement de Troyes, canton de Bouilly.

(2) De Villequier (Bourgogne) : de gueules, à la croix fleurdelisée d'or cantonnée de douze billettes de même.

(3) De Chabot (Poitou) : d'or à trois chabots de gueules posés 2 et 1. (Le chabot est une espèce de poisson, ainsi nommé à cause de sa grosse tête.)

(4) De Luxembourg : d'argent, au lion de gueules la queue fourchée et nouée, passée en sautoir, armé, lampassé et couronné d'or.

(5) De Baux (Provence) : de gueules, à une comète (ou étoile) à seize rais d'argent.

(6) De Rochechouart (Poitou) ; fascé, enté ou nébulé d'argent et de gueules de six pièces.

(7) De Rochebaron (Forez) : de gueules, échiqueté d'argent et d'azur de deux traits.

(8) A. de Boislisle, *Mémoires de Saint-Simon*, t. XII, p. 418, note.

8

la rue de Jouy, objet des importantes acquisitions que, précédemment, nous lui avons vu faire, une des principales préoccupations du maréchal d'Aumont, pendant les vingt dernières années de sa vie, fut assurément l'achèvement et l'embellissement de cette résidence. Ainsi que nous l'avons dit déjà, il chargea François Mansart[1] du soin d'ériger les nouvelles constructions et d'exécuter, pour les anciennes, les transformations nécessaires. Quelques dessins du temps, gravés par Israël Sylvestre[2] et Jean Marot[3], indiquent à peu près l'état des lieux avant l'intervention de cet éminent architecte. Suivant ces documents, l'hôtel n'occupait alors que l'espace correspondant actuellement au numéro 7 de la rue de Jouy, et ne se composait que de quatre corps de logis, dont un sur la rue, deux en aile, à droite et à gauche de la cour, et le quatrième au fond de celle-ci. Les trois premiers bâtiments sont assurément de Le Vau. On le reconnaît aisément à l'ordonnance un tant soit peu lourde et massive des façades : caractéristique de la plupart des œuvres de ce maître, qu'on retrouve jusque dans les épais reliefs des guirlandes et des mascarons sculptés au sommet des baies principales sur la cour. Du côté de la rue, aucun ornement n'apparaît, sauf le superbe mascaron du linteau de la grand'porte, au-dessus duquel on remarque encore, à la clef de l'imposte, un motif assez bizarre, composé de *cuirs* à enroulements dont l'étrange disposition figure un masque grimaçant de faune ou de satyre[4].

Quant au corps de logis principal du fond de la cour, que

(1) François Mansart, architecte, né à Paris en 1598, mort en 1666. C'est lui qui construisit l'église de la Visitation (aujourd'hui temple protestant, rue Saint-Antoine) ; l'hôtel de La Vrillière (Banque de France) ; l'hôtel de Mazarin (Bibliothèque Nationale); l'hôtel de Conti, sur le quai de ce nom ; l'hôtel de Fieubet (école Massillon), quai des Célestins; le château de Bercy; le château de Maisons, près de St-Germain-en-Laye; etc., etc.

(2) Israël Sylvestre, dessinateur et graveur, né à Nancy, en 1621, mort en 1691.

(3) Jean Marot, architecte et graveur, né à Paris en 1619, mort en 1679.

(4) On retrouve une disposition décorative de ce genre au-dessus de la porte de l'hôtel Lambert, rue Saint-Louis-en-l'Ile, à Paris : elle représente un vampire.

flanquent deux pavillons d'ailes, le mode architectural employé est tout différent de celui des bâtiments que nous venons de décrire ; il présente ici une proportion de vides et de pleins à la fois plus harmonieuse et plus élancée. Les lignes et les saillies y sont plus saisissantes et plus marquées, quoique plus légères ; et, dans leur ensemble, on sent bien la solennelle et parfaite rectitude du grand siècle, dont l'œuvre de François Mansart est essentiellement la meilleure interprétation. Il est donc manifeste que la main de cet artiste a tracé cette façade, et qu'il s'y est entièrement substitué, avec son goût personnel, à son prédécesseur, Louis Le Vau, dès qu'il eut entrepris l'agrandissement et la transformation de l'hôtel d'Aumont.

Du côté du jardin, le verso de cette page architecturale, quoique d'une triple étendue, égale en beauté son recto. Pour éviter la froide et monotone uniformité de dix-sept travées de fenêtres, Mansart en a rompu le long alignement au moyen de deux pavillons symétriques, peu saillants, il est vrai, mais dont les angles sont suffisamment accentués par des chaînes à refends formant pilastres, alors qu'un cours de modillons souligne la saillie de l'entablement. Pour compléter la décoration de cette façade, où respirent la grandeur et la richesse, des guirlandes fleuries et des mascarons souriants couronnent les baies de l'étage, tandis que, au-dessus de celles du rez-de-chaussée, festonnent des écharpes légères, alternées d'élégantes consoles, en guise de clefs. Enfin, par une délicate attention d'usage, l'architecte a timbré les balcons en fer forgé des deux avant-corps, du monogramme de son haut et puissant client : deux lettres entrelacées, A. D., qu'on distingue encore, rappellent le maréchal Antoine d'Aumont.

Mais il manque ici, à l'œuvre de Mansart, le grand escalier, qu'au dire de Blondel il avait fait construire à neuf [1],

---

[1] Blondel (J.-F.), loc. cit., p. 124.

et qui passait pour une merveille. Il était situé dans le pavillon d'aile de droite, au fond de la cour. Qu'est-il devenu ? On le voyait encore à la fin du dix-huitième siècle. Le vestibule, qui lui servait d'accès, était décoré d'un ordre dorique d'une élégante proportion. Ce même ordre régnait dans le péristyle qui précédait cet escalier ; il en rendait l'abord des plus somptueux et le faisait paraître plus grand [1].

D'après Blondel encore, on remarquait aussi dans cet hôtel quelques ouvrages de peinture de Simon Vouet [2], et notamment, au rez-de-chaussée, un beau plafond où ce peintre avait figuré Junon sur son char, accompagnée de Minerve et de Vénus, avec Mercure plus bas, disposé à exécuter les ordres de cette déesse [3]. Mais ces peintures ne pouvaient guère dater que du temps de Michel-Antoine Scarron, car on sait que leur auteur mourut en 1649 [4]. Quoi qu'il en soit, il n'en reste depuis longtemps aucune trace, pas plus que d'un autre plafond non moins admirable, représentant l'*Apothéose de Romulus*, que le maréchal d'Aumont avait fait peindre, au salon de l'étage, par Charles Le Brun, vers 1660. Claude Nivelon, élève de Le Brun, dans un travail important sur son maître, resté inédit, a minutieusement décrit cette œuvre remarquable. L'artiste s'inspirant du XVe livre des *Métamorphoses* d'Ovide, y avait peint le dieu Mars debout, sur un char étincelant d'or et attelé de quatre coursiers, amenant son fils Romulus devant l'assemblée des dieux, au rang desquels il est élevé par Jupiter. Romulus présentait à Jupiter une petite louve d'or ciselé, en souvenir de son enfance merveilleuse [5].

(1) Dezallier d'Argenville, *Voyage pittoresque de Paris* (édition de 1778), p. 205.
(2) Blondel (J.-F.), *loc. cit.*, t. II, p. 124.
(3) Dezallier d'Argenville, *loc. cit.*, p. 205.
(4) Simon Vouet avait aussi décoré l'hôtel de Villequier qu'Antoine d'Aumont posséda, place Royale (des Vosges), jusqu'en 1648. L'hôtel de Fourcy, voisin de l'hôtel d'Aumont, fut aussi décoré par cet artiste.
(5) Henri Jouin, *Charles Le Brun et les arts sous Louis XIV*, Paris, 1889, in-f°, p. 458 ; — Bibl. N⁰ᵉ, Manuscrits, Claude Nivelon, *Vie de M. Ch. Le Brun et description détaillée de ses œuvres* (n° 12,987 du fond français) f° 130-133.

Dans l'important et excellent ouvrage que M. Henri Jouin a publié sur Charles Le Brun, cet auteur a dit que, suivant la tradition, ce plafond passait pour avoir été détruit ; mais qu'une visite qu'il a faite, il y a quelques années, à l'hôtel d'Aumont, lui a laissé quelques doutes sur cette destruction. « Peut-être, l'œuvre de Lebrun, dit-il, est-elle simplement recouverte par un plafond moderne [1] ». Ce qui donnerait à supposer que la peinture a été exécutée sur enduit, comme une fresque, dont l'enlèvement et la repose sont ordinairement des opérations très délicates et très coûteuses. Mais ici l'œuvre de Le Brun a été, en réalité, peinte sur toile : c'est Dezallier d'Argenville qui l'affirme dans les deux premières éditions de son *Voyage pittoresque de Paris*, publiées en 1749 et 1752. Cette indication nous a du reste été confirmée par le témoignage personnel de l'éminent directeur de la Pharmacie Centrale de France, M. Charles Buchet lui-même, qui occupe actuellement le salon où ce fameux plafond a jadis existé. M. Buchet nous a, en effet, rapporté que, lorsqu'il fit restaurer il y a quelques années, les anciennes peintures qui ornent encore les voussures de ce plafond, il a constaté, de ses propres yeux, que ces peintures étaient réellement exécutées sur toile. Pourquoi en aurait-il été autrement du plafond ?

Cependant on ignore ce qu'est devenue l'*Apothéose de Romulus*. Bien que Hurtaut et Magny, dans leur *Dictionnaire*, et Thiéry, dans son *Guide*, mentionnent encore l'existence de cette œuvre à l'hôtel d'Aumont [2], Dezallier d'Argenville a déjà cessé d'en parler, en 1757, dans la troisième édition de son *Voyage pittoresque* (page 233), où il garde également le silence au sujet du plafond de Simon Vouet. Ces deux plafonds

---

[1] Henri Jouin, *loc. cit.*, p. 458.

[2] Hurtaut et Magny, *Dictionnaire historique de la Ville de Paris et de ses environs* (1779), t. III, p. 255 ; — Thiéry, *Guide des amateurs et des étrangers voyageurs à Paris* (1787), t. Iᵉʳ, p. 708.

auraient-ils été enlevés dans l'intervalle des années 1752 et
1757 ? Cela paraît très probable si l'on accorde crédit plus
qu'à tout autre, au dire de d'Argenville, dont le livre passe
pour un consciencieux récolement, fait et contrôlé sur place,
des curiosités d'art existant de son temps à Paris. Quoi qu'il
en soit, il est certain que la disparition de ces deux plafonds
est antérieure à l'année 1803 ; car, dans un état des lieux très
détaillé, faisant partie d'un des titres de l'hôtel, daté du 5 prairial
an XI, il n'en est fait aucune mention. Ainsi, au sujet du grand
salon de l'étage, qu'éclairent six fenêtres, dont trois sur la
cour et trois sur le jardin, il n'y est parlé que de « la corniche
« en voussure décorée d'ornements de sculpture, représentant
« différents sujets et attributs accompagnant des tableaux et
« des médaillons peints, en partie détruits (1) ».

Ces peintures sont précisément celles que M. Buchet a fait
restaurer. Elles sont au nombre de huit, savoir : quatre
médaillons et quatre cartouches. Les médaillons sont ovales
et placés aux angles sur des lions et des cuirasses, sculptés
en bas-relief. Ils figurent, en camaïeu, un personnage dans
des actions diverses. Ce personnage est évidemment Romulus ;
mais à la hauteur où se trouvent placées ces peintures de
petites dimensions, il est à peu près impossible d'en saisir les
détails. Quant aux cartouches ménagés au milieu des voussures, ils sont plus visibles. Celui de droite représente un
berger endormi et des hommes sommairement vêtus emportant
deux enfants, sans doute Romulus et Rémus ; une femme,
dont les vêtements sont rehaussés d'or, s'avance vers eux. Sur
le cartouche faisant face à la cheminée, un vieillard présente
à Romulus un plan ouvert, et le fondateur de Rome semble
indiquer du doigt le point où devront s'élever les murs de la
cité ; des pierres d'assises, un compas, une équerre, sont

(1) Titres de propriété de la Pharmacie Centrale de France, *Contrat de vente par
adjudication du 5 prairial, an XI.*

figurés au premier plan. Le cartouche de gauche nous montre l'enlèvement des Sabines ordonné par Romulus, assis sur un siège richement décoré. Enfin, le cartouche ménagé au-dessus de la cheminée laisse voir Romulus assis sur un trône, levant les bras dans l'attitude de la surprise, à la vue de suppliants prosternés devant lui, tandis que la foudre éclate dans les airs obscurcis, et que vers lui descend le dieu qui doit le soustraire à son peuple pour l'emporter dans l'Olympe. Chacun de ces cartouches est accosté de petits génies en bas-relief, environnés d'arcs, de flèches et de carquois.

Parmi les peintures de Le Brun qui ornaient les murs de l'hôtel d'Aumont, il faut encore citer une toile que lui avait commandée le maréchal; c'est la *Vierge au Silence* ou le *Sommeil de l'Enfant Jésus*. Cette toile, datée de l'année 1655, est à présent au Louvre. En 1693, elle était passée aux mains de M. le comte d'Armagnac, grand écuyer du roi et gouverneur d'Anjou. Celui-ci la donna au roi le 17 août 1696. Sous le règne de Louis XVI, elle était placée dans la salle du trône au palais du Luxembourg[1].

Rien ne manquait à cette belle résidence. La salle à manger donnait accès dans l'orangerie, qui longeait, à droite, un vaste jardin, tracé *à la française*, dans le style que Le Nôtre avait mis en vogue[2]. Ce jardin s'étendait jusque vers la rue de la Mortellerie, dont les bâtiments étaient, selon le goût du temps, masqués par un treillage ouvragé, peint en vert et orné de dorures, avec une niche au milieu, où il y avait une statue d'époque romaine, assez bien conservée. De superbes figuiers en caisses, des arbres et des arbustes, taillés en formes géométriques, étaient répartis çà et là avec symétrie. Les parterres formaient panneaux décoratifs avec leurs cordons de buis festonnés en broderies. Indépendamment d'une fontaine

(1) Henri Jouin, *loc. cit.*, p. 85, 468, 469.
(2) Le Nôtre, architecte de parcs et de jardins (1613-1670), traça le parc de Versailles.

jaillissante, un grand bassin, d'où l'eau s'élançait en gerbe, animait ce riant décor. On avait disposé dans les allées des bancs de pierre à consoles et des vases de genre antique, sculptés de bas-reliefs. On admirait surtout, dans ce jardin, un groupe de marbre qui représentait Vénus, à demi couchée sur un rocher, avec l'Amour, et qui passait pour le chef-d'œuvre de François Anguier [1]. Ce groupe a disparu depuis bien longtemps ; on ignore ce qu'il est devenu.

Les gazettes rimées du temps ont retenti des fêtes que le maréchal d'Aumont donnait à son hôtel de la rue de Jouy. C'est là qu'il traita, en 1663, les ambassadeurs suisses. Dans sa *Muse historique*, le poète-gazetier Loret n'a pas manqué de célébrer le banquet que d'Aumont leur offrit le vendredi, 16 novembre de cette année-là ; voici en quels termes :

> Hier, jour de carpes et de truites,
> De brochets et de soles frites,
> Monsieur le maréchal d'Aumont,
> Plus brave et fier qu'un Rodomont,
> Seigneur d'élite et de remarque,
> Un des grands d'auprès le monarque,
> Leur fit aussi dans son hôtel,
> Un festin rare, et qui fut tel,
> Qu'encor que ce fut un jour maigre,
> Chaque invité parut allaigre,
> Et, tout de bon, fort satisfait
> Et de la table et du buffet,
> Du bon ordre et de la conduite...[2]

Lorsque le cavalier Bernin, le *Michel-Ange moderne* [3], comme l'appelaient ses contemporains, vint à Paris, sur l'appel

---

[1] D' Martin Lister, *Voyage à Paris* (1698), traduction de E. de Sermizelles (1873), p. 169 (communication de M. A. Callet). — Germain Brice, *Description nouvelle de la Ville de Paris*, édition de 1706, t. I, p. 383. — Dezallier d'Argenville, *loc. cit.* — François Anguier, sculpteur, (1604-1669).

[2] Loret, *La Muse historique* (1650-1665), édition Daffis, Paris, 1878, quatre vol. in-8°, t. IV, p. 126.

[3] Bernini (Giovanni-Lorenzo), dit *le cavalier Bernin*, peintre, statuaire et architecte italien, né à Naples en 1598, mort en 1680, était venu à Paris en 1665, pour exécuter

de Louis XIV, qui lui avait adressé tout exprès une lettre auto-
graphe, c'est à cet hôtel qu'il alla visiter le maréchal d'Aumont,
en 1665. Parmi les visiteurs intimes de ce somptueux logis,
nous ne saurions omettre la future marquise de Maintenon,
alors épouse du poète Paul Scarron, qui était, comme nous
savons, cousin de la maréchale, Catherine Scarron de Vaures.
Une ode héroï-comique adressée, en 1651, par le spirituel
cul-de-jatte au maréchal d'Aumont, à l'occasion de sa promo-
tion à la dignité de maréchal, prouve qu'on était en bons
rapports d'un ménage à l'autre[1]. Dans cette pièce Scarron
énumère en vers les états de service de M. d'Aumont et lui
prédit

Qu'il ira loin, s'il va toujours.

En apprenant, par les titres de propriété, à quelles cen-
sives appartenait l'hôtel d'Aumont, nous avons pu constater
aussi qu'il dépendait de la paroisse de Saint-Gervais. Nous
le savions du reste par deux indications de l'abbé Lebeuf :
la première, où il dit que cet hôtel était compris dans ladite
paroisse, et se trouvait être la dernière maison du côté de la
paroisse Saint-Paul ; la seconde, où il ajoute que la paroisse
Saint-Paul ne comprenait que le côté gauche de la rue de
Jouy, et qu'il ne lui manquait de l'autre côté que les hôtels
de Fourcy et d'Aumont[2]. D'autre part, avant la disparition
des registres paroissiaux de Paris, lors de l'incendie de l'Hôtel
de Ville en 1871, on pouvait encore lire, sur ceux de Saint-
Gervais, l'acte de la bénédiction nuptiale donnée à Antoine
d'Aumont et à Catherine Scarron le 14 mars 1629, et celui de
leur fils, Louis-Marie-Victor d'Aumont, marquis de Villequier,
marié à Magdeleine-Phare Le Tellier, la sœur du célèbre

---

sur ses dessins, l'achèvement du Louvre. Mais Colbert ayant préféré les plans de
Claude Perrault, il dut retourner en Italie, sans avoir pu donner suite à ses projets.
(1) A. de Boislisle, *Paul Scarron et Françoise d'Aubigné*, p. 86.
(2) L'abbé Lebeuf, *Histoire de la ville et de tout le diocèse de Paris* (édition de 1883),
t. 1er, p. 84, 85 et 328.

ministre Louvois, à la date du 21 novembre 1660; puis la mention du service funèbre du maréchal d'Aumont, du 31 janvier 1669, également célébré à l'église Saint-Gervais[1].

En mourant, le maréchal d'Aumont laissait une veuve très riche, Catherine Scarron, que nous avons vue, du vivant de son mari, contribuer si largement de ses propres deniers à la formation de leur hôtel. Ce ne fut point, paraît-il, une veuve inconsolable. Elle était même assez folle. « Au bout de quarante « ans de mariage, dit Saint-Simon, elle devait être sage, « puisqu'elle était vieille [2]; » mais M. de Marsan, le frère de M. le Grand et du chevalier de Lorraine, lui tourna la tête et l'exploita, comme il l'avait fait de tant d'autres. « Ce qu'il tira

---

(1) A. Jal, *loc. cit.*, voir au mot *Aumont.* — A part le P. Anselme, qui affirme à plusieurs reprises dans son *Histoire généalogique* (t. IV, p. 878, t. VII, p. 542), que le maréchal Antoine d'Aumont a été inhumé à Saint-Gervais, aucun historien, à notre connaissance n'a mentionné cette sépulture ; ni Germain Brice, ni Piganiol de la Force, ni l'abbé Lebeuf n'en ont parlé. Cependant il nous paraît indubitable que la tombe du maréchal d'Aumont a bien existé à Saint-Gervais. A cet égard, voici du reste une mention des comptes présentés à la succession de son défunt époux par la maréchale, qui équivaut à une certitude : « A Me François du Chemin, prestre, habitué à S. Gervais et « Estienne Festou, fossoyeur, la somme de cinq cens vingt huit livres, sçavoir : audit « Sieur du Chemin quatre cens cinquante livres, et audit Festou soixante livres; le tout « pour le convoy, service et enterrement de deffunct M. le Mareschal; et dix-huit livres « pour frais; ledict payement par quittance, passée devant Laurent, notaire, le 16e dé- « cembre 1673. » (*Archives du Palais de Monaco*, Série Q, carton n° 5.) On trouve en outre, dans les mêmes comptes, un paiement fait, le 13 mai 1673, par devant Laurent et Monthenault, notaires, de 969 livres 9 sols aux marguilliers de S. Gervais, sans autre indication. Ce devait être le paiement pour le droit d'inhumation. Avec la mention de ces deux quittances, la question est suffisamment éclaircie. Mais il nous est avant tout agréable de déclarer que nous en devons la connaissance à la très obligeante communication de notre éminent confrère, M. Gustave Saige, Conservateur des Archives de la principauté de Monaco, correspondant de l'Institut. Nous verrons plus loin comment les princes Grimaldi de Monaco sont devenus les héritiers des ducs d'Aumont, partant détenteurs de leurs papiers de famille. Or, si les Brice, les Piganiol et les Lebeuf, de même que les anciens épitaphiers de Paris, sont restés muets au sujet de la sépulture du maréchal Antoine d'Aumont, c'est que rien ne la signalait extérieurement. Un simple caveau que n'accompagnait aucun monument funéraire dut seul recevoir la dépouille du maréchal. « Cela peut s'expliquer, nous a dit M. Saige, par l'extrême désunion des « héritiers et de sa veuve, qui se jetèrent dans une série de procès les uns contre les « autres, et ne pensèrent guère probablement à s'unir pour honorer le défunt, qui a tout « l'air d'être mort intestat. »

(2) *Journal du marquis de Dangeau*, édition Didot, 1854, t. III, p. 432, *Addition de Saint-Simon.*

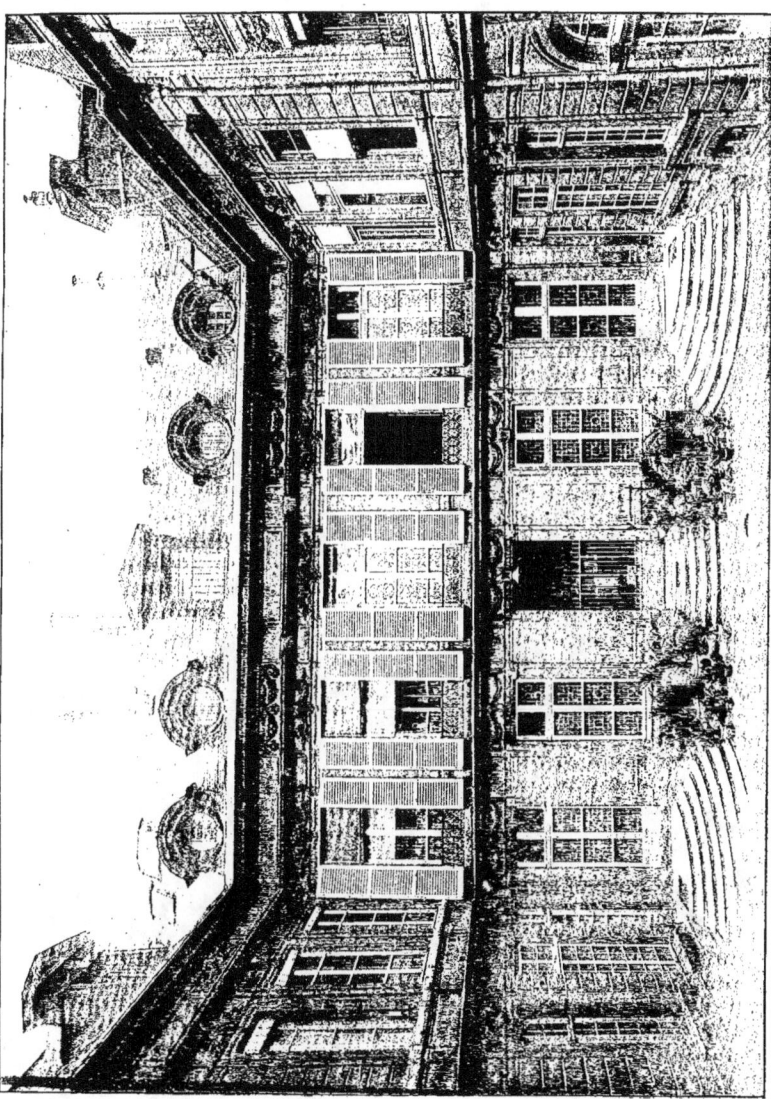

HÔTEL D'AUMONT. — COUR D'HONNEUR : FAÇADE DE FRANÇOIS MANSART.

(Cliché J. David).

« de la maréchale, dit encore Saint-Simon, est incroyable. Elle
« voulut l'épouser, et lui donna tout son bien. Son fils la fit
« mettre dans un couvent par ordre du roi, et bien garder. De
« rage, elle enterra beaucoup d'argent, qu'elle avait, en lieu où
« elle dit qu'on ne le trouverait pas ; et, en effet, quelques
« recherches que le duc d'Aumont, son fils, ait pu faire, il ne
« l'a jamais pu retrouver [1] ». Quand elle mourut, en 1691, on
trouva un testament fait dix-sept ans auparavant, où elle léguait
cent mille écus au comte de Marsan [2]. Il y avait même eu un
contrat de mariage entre eux, daté du 25 novembre 1675 [3].

*
* *

Après la mort du maréchal d'Aumont, c'est son fils aîné,
Louis-Marie-Victor d'Aumont et de Rochebaron, celui qu'on
appelait auparavant le marquis de Villequier, qui hérita de
l'hôtel ; et cela se fit en vertu d'un acte de donation universelle
à lui faite par son père, passé devant Gaultier, notaire à Paris,
le 1er février 1668, de tous les biens meubles et immeubles qui
se trouveraient appartenir au donateur au jour de son décès,
avec substitution au profit des aînés de mâle en mâle de la
maison d'Aumont. Cependant, d'après une sentence arbitrale
rendue, le 1er avril 1670, entre Catherine Scarron et son fils
susdit, par les arbitres nommés suivant arrêt du Conseil du
5 août 1669, laquelle sentence fut homologuée par autre arrêt
du Conseil du 22 avril 1670, puis déposée entre les mains dudit
Gaultier, notaire, le 23 juin 1670, il fut jugé que les trois
acquisitions faites, en janvier et août 1663, et en juillet 1664,
par la maréchale, en son nom et pour lui être propres,

(1) *Mémoires de Saint-Simon*, édition de MM. Chéruel et Régnier fils, t. VI, p. 172
et 173.

(2) *Journal du marquis de Dangeau*, loc. cit.

(3) A. de Boislisle, *loc. cit.*, p. 87.

faisaient partie de la communauté d'entre elle et son mari.
Enfin par arrêt du parlement rendu, le 28 août 1677, entre
elle et son fils, Louis-Marie-Victor d'Aumont, il fut
ordonné entre autres choses, que l'hôtel d'Aumont et les
maisons situées rues de Jouy et de la Mortellerie, qui en
dépendaient, demeureraient à celui-ci « sur tant et moins et
« jusqu'à concurrence de la part qui lui appartenait des biens
« de ladite communauté, comme donataire universel de son
« père » (1).

Le nouveau propriétaire de l'hôtel, Louis-Marie-Victor
d'Aumont, grâce à la puissante situation de son père, fut, de
bonne heure aussi, favorisé par la fortune et les honneurs. Né
en 1632, il fut colonel de cavalerie à dix ans, et, à seize,
capitaine des gardes en survivance. Par droit de survivance
aussi, il hérita des titres et charges de son père. C'est ainsi
qu'il fut duc d'Aumont, pair de France et gouverneur de
Boulogne et du pays boulonnais. Il servit avec honneur
Louis XIV dans la guerre de Flandre, et fut fait chevalier des
ordres du roi. Le 10 mars 1669, il fut nommé premier gentilhomme de la chambre du roi, à la place du duc de Mortemart
et du comte de Vivonne, survivancier de celui-ci. Ce jour-là, il
se démit de son emploi de capitaine des gardes, que le roi donna
au marquis de Rochefort, maréchal de camp. Le comte de
Vivonne reçut le même jour un ample dédommagement à la
perte qu'il faisait de sa charge de premier gentilhomme de la
chambre : Louis XIV le nomma général des galères (2).

Peu de temps après que le duc d'Aumont fut nommé
premier gentilhomme de la chambre, il se remaria, veuf depuis
quatorze mois. Le 22 juillet 1668, il avait perdu sa première

---

(1) Archives de la Seine, *Domaines*, carton 125, pièce 3117. Cette pièce est un acte
de vente de l'hôtel, passé devant Nicolas Armet et Louis Gervais, notaires à Paris, le
28 avril 1756.

(2) A. Jal, *loc. cit.*, voir au mot *Aumont*.

femme, Madeleine-Phare Le Tellier, dont nous avons mentionné ci-dessus la bénédiction nuptiale à Saint-Gervais, en 1660, et qui quitta la vie, à peine âgée de vingt-deux ans. Le 27 septembre 1669, il épousa donc, en secondes noces, François-Angélique de La Motte-Houdancourt, dite mademoiselle de Toussi, fille de feu Philippe de La Motte-Houdancourt, vice-roi en Catalogne, duc, pair et maréchal de France, et de dame Louise de Prie, gouvernante des Enfants de France et surintendante de leur maison (1).

Le duc d'Aumont compte parmi les collectionneurs les plus fameux de son temps. Les collectionneurs s'appelaient alors des *curieux ;* et c'est à ce titre qu'Abraham du Pradel le cite, en première ligne, dans son *Livre commode des adresses* (2). Avant de venir prendre possession de l'hôtel paternel de la rue de Jouy, il avait son cabinet de tableaux rue Vivien (ou rue Vivienne) (3). Il réunit bientôt dans sa nouvelle résidence quantité de meubles précieux et des curiosités d'un très grand prix, comme des bronzes, des pierres gravées, sans parler des tableaux rares, des cabinets portatifs et mille autres curiosités qui faisaient juger de son parfait discernement (4). A son goût pour les œuvres d'art, il ne tarda pas à joindre celui des antiquités et des médailles. C'était du reste la vogue du temps. Les amateurs de médailles se trouvaient un peu partout. C'était un goût presque général chez les gens qui se piquaient de faire des collections. Le roi lui-même avait cette manie, ce qui eût suffi pour la mettre à la mode (5).

Suivant certaines *clefs,* le Diognète que nous montre

(1) A. Jal. *loc. cit.*, voir au mot *Aumont.*
(2) A. du Pradel, *Le Livre commode des Adresses pour l'année 1692*, édition d'Edouard Fournier, t. 1er, p. 216.
(3) Idem, *idem*. — *Revue universelle des Arts*, t. XV, p. 259.
(4) Germain Brice, *Description nouvelle de la ville de Paris*, édition de 1706.
(5) *Mémoires de Choisy*, p. 227. — Edouard Fournier, *La Comédie de La Bruyère*, p. 207.

La Bruyère, dans ses *Caractères,* au chapitre de *la Mode,* serait
le duc d'Aumont : « Je l'admire, dit-il, et je le comprends moins
« que jamais : pensez-vous qu'il cherche à s'instruire par les
« médailles, et qu'il les regarde comme des preuves parlantes
« de certains faits, et des monuments fixes et indubitables de
« l'ancienne histoire ? rien moins : vous croyez peut-être que
« toute la peine qu'il se donne pour recouvrer une tête vient
« du plaisir qu'il se fait de ne pas voir une suite d'empereurs
« interrompue ? C'est encore moins : Diognète sait d'une
« médaille le fruste, le flan, et la fleur de coin ; il a une tablette
« dont toutes les places sont garnies, à l'exception d'une seule ;
« ce vide lui blesse la vue, et c'est précisément, et à la lettre,
« pour le remplir, qu'il emploie son bien et sa vie [1]. » Au
t. II de son ouvrage de l'*Utilité des voyages,* Bourdelot d'Airval
écrivait, en 1686 : « Monsieur le duc d'Aumont a bien fait voir
« qu'il se connaissait en tout dans les conférences qu'il a tenues
« chez lui, touchant l'histoire ancienne : il a découvert depuis
« peu deux portraits en agate de quelques-uns des tyrans du
« temps de Gallien [2]. »

D'après ces témoignages, l'érudition du duc d'Aumont
est suffisamment notoire. Cependant telle ne semble pas
être l'opinion d'Ezéchiel Spanheim, l'envoyé extraordinaire
de Brandebourg, qui était un numismate fort distingué,
et qui, lors de son séjour à Paris, en 1690, eut l'occasion,
comme invité, de prendre part aux doctes conférences de
l'hôtel d'Aumont. Dans sa *Relation de la cour de France,*
ce savant étranger a raconté comment le duc d'Aumont,
« quoique sans lettre ou savoir, se mit, dit-il, dans la
« curiosité de la recherche des antiquités romaines, ou
« plutôt dans la réputation de protéger ceux qui s'y adonnaient.

---

[1] La Bruyère, *Œuvres*, édition de M. G. Gervais, t. II, p. 357.
[2] Edouard Fournier, *Le Livre commode des Adresses,* par Abraham du Pradel,
annotation, p. 217.

« Ce fut aussi à l'occasion d'un maître d'hôtel qu'il avait,
« curieux des médailles antiques et qui en avait un assez beau
« cabinet, que ce duc établit chez lui une assemblée pour y
« discourir une fois la semaine. » C'est ainsi qu'on y entreprit
de décrire l'histoire des empereurs romains par les inscriptions
et les médailles battues sous leur règne. On se partagea la
tâche, et chacun fut prié de donner lecture de son travail et
d'entendre les avis des assistants. Ces conférences se tinrent
pendant près de deux ans, mais ne purent continuer plus longtemps, à cause des fonctions de premier gentilhomme de la
Chambre qui retenaient, la plupart du temps, le duc d'Aumont
à Versailles, et l'obligeaient à suivre le roi dans ses voyages [1].
Quoi qu'il en soit, il est parfaitement reconnu que le duc
d'Aumont contribua aux progrès de la numismatique ; et c'est
à ce titre que l'Académie des Inscriptions et Belles-Lettres lui
ouvrit ses portes.

Cependant sa passion pour les curiosités et les collections
ne l'empêchait point de s'engouer des créations artistiques les
plus raffinées du jour, et au besoin d'en lancer la vogue.
Ainsi, rien que pour le service de sa table, on cite, dans un
Mercure galant du temps, un souper qu'il donna, où parut
une de ces premières pièces d'orfèvrerie, appelées *surtouts*,
récemment inventés par Nicolas Delaunay, l'un des artistes-
orfèvres que Louis XIV logeait au Louvre [2].

Le duc d'Aumont n'agrandit point son hôtel ; au contraire,
il le diminua un tant soit peu, en vendant à François

[1] Ezéchiel Spanheim, *Relation de la Cour de France de 1690*, édition de
M. Ch. Scheffer, publication de la Société de l'Histoire de France (1882), in-8°, p. 133 à 137.

[2] « Il y a peu, dit l'auteur (avril 1698), que ces sortes d'ouvrages sont inventés pour
« garnir les tables. Ils y demeurent pendant tout le repas. On en fait de plusieurs pans
« différents. Ils sont souvent enrichis de figures ; ils portent quantité de choses pour la
« table, en sorte qu'on ne peut rien souhaiter à un festin que l'on n'y trouve. » Le narra-
teur nous apprend encore que, pour les soupers aux lumières, les surtouts étaient faits
de manière à pouvoir y placer des bougies ; et que, pour un repas de jour, il y avait
divers ornements fort agréables qui couvraient et cachaient l'emplacement des flambeaux.

Jacquier, conseiller-secrétaire du roi, moyennant 20,140 livres, le 13 février 1680, l'ancienne maison de la *cour Gencien*, que son père et sa mère, comme nous l'avons dit précédemment, avaient acquise conjointement le 4 octobre 1659 [1]. Entre autres charges et conditions énumérées dans le contrat de vente du 13 février 1680, nous devons retenir ceci : « Que ledit « sieur acquéreur et ses successeurs, propriétaires de la maison « présentement vendue, seront tenus de souffrir l'escoulement « des eauës du bassin et fontaine jaillissante du jardin dudit « hostel d'Aumont, dans la cour de ladite maison de la *Cour* « *Gencienne*, par un conduit ou gouttière ainsy et de la manière « que lesdites eauës y ont présentement leurs cours ; Et qu'ils « ne pourroient faire exhausser les bastimens, édifices et « cheminées qu'ils voudroient faire faire et adosser contre le « mur qui fait séparation d'entre le jardin dudit hostel « d'Aumont et de ladite maison, à plus grande hauteur que « ledit mur en l'estat qu'il est présentement. »

Comme son père, le duc d'Aumont mourut subitement dans son hôtel, d'une attaque d'apoplexie, le 19 mars 1704. Il était dans sa soixante-douzième année. De son premier mariage, avec Madeleine-Phare Le Tellier, il avait eu un fils, Louis d'Aumont, marquis de Villequier, et deux filles : l'une, Marie-Madeleine-Elisabeth-Phare, qui épousa le marquis de Beringhen ; l'autre, Anne-Charlotte, qui fut mariée au marquis de Créquy. De sa seconde femme, mademoiselle de Toussi, le duc d'Aumont n'eut qu'un fils, Louis-Marie d'Aumont, marquis de Chappes, qui devint lieutenant-général des armées ; il est plus connu sous le nom de duc d'Humières, par suite du mariage qu'il fit avec la fille et unique héritière du maréchal d'Humières, à la charge de prendre le nom et les armes de son beau-père [2].

(1) Titres de propriété de la Pharmacie Centrale de France, *Acte de vente passé le 13 février 1680, devant Gallois et Laurent, not^{res} à Paris.*
(2) La Chesnaye-Desbois, *loc. cit.*

La seconde femme du duc d'Aumont, mademoiselle de Toussi, sœur aînée des duchesses de Ventadour et La Ferté, figure, comme elles, assez brillamment dans les fastes galants de l'époque. Elle n'avait pas attendu, paraît-il, d'être mariée pour révéler son tempérament ; de même qu'elle n'attendit pas non plus d'être veuve pour égayer l'alcôve de l'hôtel d'Aumont de ses ébattements amoureux. A propos de sa mort, arrivée le 5 avril 1711, Saint-Simon n'a cependant trouvé rien autre à dire d'elle que ceci : « La duchesse douairière d'Aumont « mourut... à soixante et un ans,... peu regrettée de sa famille... « C'était une grande et grosse femme, qui avait eu plus de « grande mine que de beauté, impérieuse, méchante, difficile « à vivre, grande joueuse, grande dévote à directeurs. Elle « avait été fort du grand monde et de la cour, où elle ne « paraissait plus depuis beaucoup d'années. Elle était riche, et « fut très attachée à son bien. Le roi lui donnait 10,000 livres « de pension (1). » Le portrait n'est pas flatteur ; mais il est discret à l'endroit des mœurs de madame d'Aumont. Cela est bien étrange de la part d'un médisant comme Saint-Simon, qui n'avait qu'à puiser à pleines mains dans la chronique scandaleuse du temps.

Dans *la France galante*, publiée sans nom d'auteur (2), à la suite de l'*Histoire amoureuse des Gaules* de Bussy-Rabutin, au copieux chapitre intitulé *la France devenue italienne* ou *les derniers dérèglements de la cour,* les amours de la duchesse d'Aumont avec le duc de Caderousse, le marquis de Biran, l'archevêque de Reims, etc., sont racontées tout au long. Elle passait pourtant pour s'être adonnée aux œuvres pies ; mais sur le tard assuré-

---

(1) *Mémoires de Saint-Simon*, édition de MM. Chéruel et Régnier, fils, t. VII, p. 229, 230.
(2) Les récits qui composent le volume intitulé *la France galante* passent pour avoir été écrits en majeure partie par Sandraz des Courtils, contemporain de Bussy-Rabutin, et auteur des *Mémoires de d'Artagnan,* d'où Alexandre Dumas tira sa fameuse trilogie des *Mousquetaires.*

ment. Mme de Sévigné ne l'appelait que la « sœur d'Aumont »,
et nous la montre ne prenant plus goût à rien, de méchante
humeur et ne cherchant qu'à ensevelir les morts[1]. A ce sujet,
si La Bruyère a remarqué que « la dévotion vient à quelques
« uns, et surtout aux femmes, comme une passion, ou comme
« le faible d'un certain âge, ou comme une mode qu'il faut
« suivre, » les faiseurs de *clefs* n'ont pas manqué de viser
Mme d'Aumont parmi ces femmes, et principalement parmi
celles qui donnent à la fois aux couvents et à leurs amants.
« Galantes et bienfaitrices, dit l'auteur des *Caractères*, elles
« ont jusque dans l'enceinte de l'autel des tribunes et des
« oratoires où elles lisent des billets tendres, et où personne
« ne voit qu'elles ne prient point Dieu[2]. »

Il est probable enfin que Saint-Simon, avant tout grand
seigneur, ne voulut pas, par pur esprit de caste, médire
davantage d'une dame de si haut parage qu'était notre folle
duchesse, comme il n'eût point manqué assurément de le faire
pour une présidente, qu'il ne considérait pas plus qu'une
simple robine ; et cependant il n'eût fait que répéter ce qu'on
entendait dire et chansonner partout, témoin ce couplet du
jour :

> Seras-tu toujours éprise
> De toutes sortes de gens ?
> A ton âge est-on de mise ?
> D'Aumont, quitte les galants.
> — Je ne sçaurois.
> — Quitte au moins les gens d'église.
> — J'en mourrois. (3)

Mme d'Aumont passait donc pour avoir toujours été au
mieux avec ses directeurs. Les deux plus fameux qu'elle eut

(1) *Lettres de Mme de Sévigné*, édition Hachette (collection *des Grands Ecrivains français*), t. III, p. 347, 377.
(2) La Bruyère, *loc. cit.*, t. Ier, p. 180, 183, 458 et 459.
(3) *Recueil Maurepas*, t. VII, p. 37.

jusqu'en 1691, étaient le P. Gaillard, jésuite, puis le P. de La Roche, oratorien. Mais ce qui avait donné le plus de prise à la médisance, c'est que Charles-Maurice Le Tellier, archevêque de Reims, frère du ministre Louvois, et prélat très décrié du côté de la continence, avait été très longtemps amoureux d'elle. Il avait gagné un nommé Duplessis, qui avait été valet de chambre du duc et qui occupait le petit hôtel d'Aumont, sous promesse de lui faire continuer toute sa vie la permission qu'il avait de donner à jouer. De ce petit hôtel, il y avait une communication avec le grand, au moyen de l'orangerie qui reliait latéralement ces deux parties de la propriété ; et le libertin prélat y entrait toutes les nuits en gros manteau, dès qu'il savait que le duc était retenu à Versailles[1] par les exigences de ses fonctions, qui l'obligeaient à assister au coucher et au lever du roi. Ces escapades nocturnes avaient fait d'autant plus de bruit que la duchesse d'Aumont, ayant indisposé contre elle, quelques années auparavant, le marquis de Villequier, son beau-fils, celui-ci ne se privait pas de parler publiquement contre les relations de sa belle-mère avec l'archevêque de Reims. Le public renchérit encore là-dessus et n'épargna pas les directeurs, et sans doute avait-il raison, car il faut toujours, a-t-on dit, se méfier des femmes, et surtout des dévotes[2].

Quant à l'ex-valet Duplessis, qui favorisait si complaisamment, au préjudice conjugal de son ancien maître, les équipées galantes de M. de Reims, il nous paraît plaisant de voir que c'est justement celui-là même qui avait initié le duc d'Aumont aux mystères de la numismatique, suivant le dire du très docte Spanheim, l'envoyé extraordinaire de Brandebourg. En effet, un savant érudit de ce temps, Spon, nous montre,

---

(1) *Histoire amoureuse des Gaules, suivie de la France galante*, éd. A. Delahays (1858), t. II, p. 341.

(2) Edouard Fournier, *Variétés historiques et littéraires*, t. VI, p. 238, 240 ; annotation du *Cochon mitré*.

sur sa *Liste des cabinets d'amateurs existant en 1673*, un certain
Duplessis demeurant alors rue Saint-Martin, où il tenait une
collection de médailles ; on le retrouve, vingt ans après, dans
le *Livre commode des adresses pour l'année 1692*, mais habitant
cette fois rue de Jouy (1), évidemment à l'hôtel d'Aumont, où
la manie des monnaies l'avait amené à tenir un tripot, avec
permission du roi.

*
* *

Après la mort du duc d'Aumont, ses belles collections,
ses meubles précieux, ses curiosités, ses tableaux rares, furent
vendus publiquement ; et cette vente dura plusieurs jours (2).
Son fils aîné, Louis d'Aumont, auparavant marquis de
Villequier, et dès lors duc d'Aumont et pair de France, devint,
à son tour, propriétaire de l'hôtel d'Aumont et des maisons
dépendantes, comme remplissant le premier degré de la
substitution au profit des aînés de mâle en mâle de la maison
d'Aumont, suivant les termes de la donation du 1er février 1668
susmentionnée, faite par le maréchal Antoine d'Aumont à son
fils, Louis-Marie-Victor. Une sentence arbitrale de 1708,
rendue entre Louis d'Aumont et ses frères et sœurs, et confir-
mative entre autres de la première sentence du 1er avril 1670,
sanctionna cette mutation (3).

Louis d'Aumont naquit le 19 juillet 1667. Devenu duc
et pair, il fut aussi, par droit de survivance obtenue pour
lui par son père, premier gentilhomme de la chambre et
gouverneur de Boulogne et du pays boulonnais. En 1712, il
fut envoyé par Louis XIV comme ambassadeur extraordinaire
en Angleterre, à l'occasion de la paix qui venait d'être conclue

---

(1) Ed. Fournier, *Le Livre commode des Adresses, loc. cit.*, page 227, not. 5.
(2) G. Brice, *Description de la ville de Paris*, édition de 1706, t. Ier, p. 283.
(3) Archives de la Seine, Domaines, carton 125, pièce 3117, *loc. cit.*

avec ce royaume. On peut juger du train princier qu'il dut
mener au cours de cette importante mission, par la somme des
émoluments qui lui furent alors alloués. Il reçut, à cet effet,
24,000 écus d'appointements par an, 24,000 livres pour
dédommagement de la perte du change, 54,000 livres pour
ses équipages, et trois mois d'avance. Il eut plus de
500,000 livres de brevet de retenue sur sa charge de premier
gentilhomme de la chambre, et fut fait chevalier de l'ordre,
seul et extraordinairement, à une messe basse, avant son
départ. Ce fut le dernier que le roi fit [1].

L'hôtel de Powis, à Londres, où logeait le duc d'Aumont,
fut entièrement consumé par un incendie. Sa vaisselle fut
sauvée; mais il prétendit avoir perdu tout le reste; il prétendit
aussi avoir reçu plusieurs avis que le feu avait été mis avec
intention, et qu'on voulait l'assassiner. La reine d'Angleterre
lui offrit des gardes. Mais le public à Londres, comme à
Paris, en pensa autrement, et fut persuadé que le duc
d'Aumont avait été lui-même l'incendiaire, autant pour gagner
sur ce qu'il en tirerait du roi que pour couvrir une contrebande
monstre, dont les Anglais se plaignirent ouvertement dès son
arrivée, et où il réalisa d'immenses profits. C'est du moins ce
qui se dit et ce qu'on crut. Le roi n'en donna pas moins
250,000 francs à lord Powis, et 100,000 au duc d'Aumont,
et porta à 50,000 son traitement pendant quatre ans, tant en
considération de son incendie que des frais de son ambassade [2].

Mais il fallait que tout cela fut bien criant, car cette fois
Saint-Simon, n'a guère ménagé le duc d'Aumont, si haut
personnage qu'il fût. « M. d'Aumont, dit-il, avait été toute
« sa vie un panier percé, qui avait toujours vécu d'industrie.
« Il avait eu longtemps affaire à un père fort dur et à une

(1) *Mémoires du duc de Saint-Simon*, édition de MM. Chéruel et Régnier, fils,
t. IX, p. 367.
(2) *Mémoires de Saint-Simon*, loc. cit., t. IX, p. 429, 430.

« belle-mère qui le haïssait fort, et qui était une terrible
« dévote. Il s'était marié malgré eux par amour réciproque à
« M¹¹ᵉ de Piennes (¹), dont la mère était une Godet, comme
« l'évêque de Chartres, qui y fit à la fin entrer Mᵐᵉ de
« Maintenon, et le roi par elle, lequel imposa enfin et obligea
« le père à consentir, après plusieurs années, que ce mariage
« demeurait accroché, et que tous deux étaient résolus à n'en
« jamais faire d'autre. Le duc d'Aumont était d'une force
« prodigieuse, d'une grande santé, débauché à l'avenant, d'un
« goût excellent, mais extrêmement cher en toutes sortes de
« choses, meubles, ornements, bijoux, équipages ; il jetait à
« tout, et tira des monts d'or des contrôleurs généraux et de
« son cousin de Barbézieux (²), avec qui, pour n'en pas tirer
« assez à son gré, il se brouilla outrageusement. Il prenait à
« toutes mains et dépensait de même. C'était un homme de
« beaucoup d'esprit, mais qui ne savait rien, à paroles dorées,
« sans foi, sans âme, de peu de réputation à la guerre pour
« en parler sobrement, et à qui son ambassade ne réussit ni
« en Angleterre ni en France. Avant la mort de son père,
« logeant dans une maison de louage, il l'ajusta et la dora
« toute, boisa son écurie comme un beau cabinet, avec
« une corniche fort recherchée tout autour, qu'il garnit
« partout de pièces de porcelaine. On peut juger par là de
« ce qu'il dépensait en toutes choses. » (³)

Au retour de son ambassade, en 1713, le duc d'Aumont
eut une longue audience du roi, dans son cabinet. On

(1) Le duc Louis d'Aumont se maria, le 26 octobre 1690, avec M¹¹ᵉ Olympe de Piennes, fille aînée et héritière d'Antoine de Brouilli, marquis de Piennes, chevalier des ordres du Roi, gouverneur de la ville et citadelle de Pignerol, qui mourut à Paris le 1ᵉʳ novembre 1676, âgé de 65 ans, et de Françoise Godet, fille de Claude Godet des Marais, parent de Paul Godet des Marais, évêque de Chartres, confesseur de Mᵐᵉ de Maintenon et supérieur de la maison royale de Saint-Cyr.

(2) Louis-François Le Tellier, marquis de Barbézieux, ministre de Louis XIV, troisième fils du marquis de Louvois, né en 1668, mort en 1701.

(3) *Mémoires de Saint-Simon*, loc. cit., t. IX, p. 429, 430.

remarqua qu'il affectait toutes les manières anglaises jusqu'à nouer sa croix à son cordon bleu, comme les chevaliers de l'ordre de la Jarretière portent leurs médailles à leur cordon. Son retour ne reçut pas grands applaudissements. Mais l'argent qu'il en sut rapporter sut aussi l'en consoler [1].

Le 6 avril 1723, comme par une sorte de fatalité héréditaire, le duc d'Aumont fut aussi frappé d'apoplexie ; il était alors chez la Dangeville, une comédienne, qui était sa maîtresse. Elle le fit reconduire dans un fiacre, à l'hôtel d'Aumont, accompagné d'un chirurgien. La duchesse, — qu'on appelait l'*archiduchesse*, à cause de sa fierté, — ne voulut pas le voir, parce qu'il avait auprès de lui son fils, le marquis de Villequier, qu'elle détestait. Il mourut deux jours après sans voir sa femme ; et il se passa d'elle, comme elle de lui, ainsi qu'ils faisaient depuis longtemps ; car ils vivaient séparés, mais volontairement. Il y avait deux ans qu'il était tombé une première fois en apoplexie. Cette dernière attaque lui était venue d'une indigestion de poisson [2]. Il était âgé de cinquante-six ans. Son fils aîné, Louis-Marie d'Aumont, marquis de Villequier, brigadier des armées du roi, avait obtenu la survivance de sa charge et de son gouvernement [3]. Devenu, à la mort de son père, duc d'Aumont et pair de France, il entra en possession de l'hôtel paternel de la rue de Jouy, comme ayant rempli le deuxième degré de la substitution, « laquelle « par conséquent s'arrête en sa personne, en vertu de l'article 59 « de l'ordonnance d'Orléans de 1560 qui veut que les substitu-« tions dans le ressort du parlement de Paris ne s'étendent qu'à « deux degrés, l'institution ou première disposition non com-« prise » [4]. Il avait épousé, le 3 juillet 1708, Catherine de

(1) *Mémoires de Saint-Simon, loc. cit.*, t. X, p. 113.
(2) *Journal et Mémoires de Mathieu Marais*, publiés par M. de Lescure en 1868, à Paris, chez Didot, 4 vol. in-8° ; t. II, p. 441, 442.
(3) *Mémoires de Saint-Simon*, édition de MM. Chéruel et Régnier fils, t. IX, p. 106.
(4) Archives de la Seine, Domaines, carton 125, pièce 3117, *loc. cit.*

Guiscard de Boulic, qui mourut, à trente-cinq ans, d'une longue maladie de poitrine, le 9 juillet 1723 [1].

Cette année-là, une violente épidémie de petite vérole sévit sur Paris, et frappa cruellement la famille d'Aumont. La duchesse douairière d'Aumont, Olympe de Piennes, qui fut une des dames les plus sages, mais aussi des plus hautaines de la cour [2], s'était réfugiée et barricadée à Passy, mais elle n'évita pas le mal et en mourut le 23 octobre 1723, près de sept mois après son mari, quatre mois après sa belle-fille, quinze jours avant son fils, le nouveau propriétaire de l'hôtel d'Aumont, qui mourut aussi de la petite vérole, le 5 novembre 1723, à trente-deux ans, emportant l'estime et l'affection de tout le monde, et surtout des dames, avec lesquelles il avait été fort bien, parce qu'il était bien fait et beau de visage [3].

De son union avec Catherine de Guiscard, le duc Louis-Marie d'Aumont ne laissa que deux fils, encore mineurs à sa mort, dont le cadet, Nicolas-Olympe d'Aumont, chevalier non profès de l'ordre de Saint-Jean de Jérusalem, mourut bientôt après, à l'âge de neuf ans. L'aîné, Louis-Marie-Augustin d'Aumont, qui resta seul propriétaire de l'hôtel d'Aumont après la mort de son frère, n'avait alors que quatorze ans, étant né le 8 août 1709 [4].

Louis-Marie-Augustin d'Aumont, duc d'Aumont et pair de France, premier gentilhomme de la Chambre et gouverneur de Boulogne et du pays boulonnais, par droit de survivance, était déjà lieutenant-général des armées en 1748. Il épousa, le 23 avril 1727, Victoire-Félicité de Durfort-Duras, veuve du duc Jacques de Fitz-James, et fille de Jean-Baptiste de Durfort, duc

---

(1) *Mémoires de Saint-Simon*, loc. cit., t. IX, p. 131. La Chesnaye-Desbois, *loc. cit.*

(2) *Journal et Mémoires de Mathieu Marais*. loc. cit., t. II, p. 180.

(3) *Idem*, idem, t. IX, p. 158 et 159.

(4) La Chesnaye-Desbois, *loc. cit.*

de Duras, et d'Angélique-Victoire de Bournonville. Elle mourut le 16 octobre 1753 [1].

En ce temps-là, il y avait longtemps que le quartier de la Mortellerie comme celui du Marais, n'était plus à la mode. Dès le milieu du xviie siècle, l'aristocratie commençait à transplanter ses nobles pignons au faubourg Saint-Germain. Cent ans après, la vogue était passée au faubourg Saint-Honoré ; plus tard ce sera le tour de la Chaussée-d'Antin. Le nouveau propriétaire de l'hôtel d'Aumont devait donc suivre le mouvement ; si bien qu'il abandonne le vieux logis de ses ancêtres, qui n'a cependant rien perdu de sa splendeur séculaire ; mais il le trouve si démodé qu'il ne craint pas de le vouer au marteau des démolisseurs, pendant qu'il s'en ira demeurer où le goût du jour l'entraîne, d'abord rue de Beaune, où l'*Almanach royal* nous le montre dès 1742, puis place Louis XV (aujourd'hui de la Concorde), au coin de l'ancienne *rue de la Bonne Morue* (de nos jours la rue Boissy-d'Anglas), dans l'un des deux magnifiques palais, dont l'architecte Jacques-Ange Gabriel venait de terminer les superbes colonnades, pour l'embellissement de cette place. En attendant, pendant qu'on lui prépare sa nouvelle résidence, il continuera d'habiter rue de Beaune, car c'est là qu'est encore indiquée son adresse, sur l'acte de la vente qu'il fit de l'ancien hôtel d'Aumont, le 28 avril 1756, à Charles Sandrié, maître-maçon, entrepreneur des bâtiments du roi, et à Marie-Thérèse Gauthier de Rougemont, son épouse. Quelques jours auparavant, le duc d'Aumont avait déjà vendu, moyennant 50,000 livres, la démolition des bâtiments du grand hôtel à François Delondres, entrepreneur de bâtiments, par acte passé devant Gervais et son confrère, notaires à Paris, le 4 avril 1756 [2]. C'était donc la

---

(1) La Chesnaye-Desbois, *loc. cit.*

(2) Archives de la Seine, Domaines, carton 125, pièce 3117, *loc. cit.*, et Titres de propriété de la Pharmacie Centrale de France, *Décret d'adjudication du 3 février 1768.*

condamnation irrévocable et sans pitié d'une des plus belles
demeures seigneuriales du vieux Paris.

Dans le contrat de vente du 28 avril 1756, le duc d'Aumont
cède et transporte à Charles Sandrié : 1° l'emplacement et tout
le terrain du grand hôtel d'Aumont, contenant en totalité
1,267 toises 3 pieds 8 pouces ; 2° le petit hôtel d'Aumont et la
maison joignante, ayant leurs entrées rue de la Mortellerie, sur
laquelle ces deux bâtiments donnent par devant, tenant par
derrière au jardin du grand hôtel et à l'orangerie qui commu-
nique d'un hôtel à l'autre, et contenant ensemble 130 toises
2 pieds. Le tout étant en la censive du roi, à l'exception
d'une parcelle de 77 toises ou environ, sur la rue de Jouy,
qui est de la censive des carmes Billettes, comme seigneurs du
fief aux Flamands dont cette parcelle fait partie, et d'une autre
petite enclave de 12 toises 3 pieds 8 pouces qui est de la censive
de l'abbaye de Tiron ; sous réserve toutefois qu'à l'égard de la
maison joignant le petit hôtel, elle peut être aussi dans la censive
de l'abbaye de Tiron, sans garantie du vendeur, comme elle
peut être aussi bien du domaine du roi, cette abbaye n'ayant
encore présenté aucun titre pour s'en prévaloir ; de même pour
33 sols de rente foncière que les dames de la Visitation, de la rue
Saint-Antoine, peuvent prendre sur la même maison. Le tout,
grand et petit hôtel d'Aumont, avec la maison joignante, appartenant au duc d'Aumont comme il a été expliqué précédemment.
De plus le vendeur cède et transporte aux dits sieur et dame
Sandrié, qui acceptent, sans garantie et à leurs risques et périls :
1° la somme de 50,000 livres pour le prix de la démolition
vendue le 4 avril précédent au sieur Delondres ; 2° la propriété
accordée par la ville au vendeur, le 29 octobre 1733, de quatorze
lignes d'eau. Et finalement ces vente, cession et transport sont
faits moyennant les prix et somme de 200,000 livres, savoir :
105,000 pour le prix des dits emplacement et terrain du grand
hôtel d'Aumont ; 32,500 pour celui du petit hôtel ; 12,500 pour

la maison attenante ; le tout y compris la concession de quatorze lignes d'eau de la ville ; et 5o,ooo pour le prix du transport du marché fait avec le sieur Delondres [1].

Avant de prendre congé du duc d'Aumont, qui vient ainsi d'abandonner l'hôtel que ses ancêtres détenaient depuis un siècle, nous pouvons encore le suivre un instant à sa nouvelle résidence de la place Louis XV, dont il ne prit possession qu'à partir du 1er janvier 1777, au titre seulement d'usufruitier, suivant un bail de neuf années renouvelable, passé avec M. Louis Trouard, propriétaire et architecte, qui construisit le pavillon, objet de la cession. Jusque là, le duc d'Aumont continuera d'habiter rue de Beaune, où ledit bail indique encore sa demeure [2]. Place Louis XV, il continuera la tradition familiale du goût pour toutes les belles curiosités ; et ce qui le rendra célèbre, ce ne sont point les titres pompeux de ses charges et de ses offices, mais bien sa vive prédilection pour les arts, la réunion d'un fameux cabinet, ses relations avec le ciseleur Gouthière. Son nouvel hôtel deviendra l'asile qui recevra les épaves des plus riches collections du temps, celles du comte de Fontenay, du comte de Tallard, de la duchesse de Mazarin. Là, d'Aumont réunit la plus extraordinaire série qui se soit vue de meubles de Boule, de porcelaines de Chine, de laques du Japon, de bronzes, de marbres précieux qu'il fit richement monter (Gouthière, à lui seul, cisela pour lui plus de cinquante montures), de volumes reliés par Pasdeloup. Les tableaux l'intéressaient moins. La vente de ces merveilles, qui eut lieu le 12 décembre 1782, huit mois après sa mort, attira tout ce que la cour et la ville comptaient d'amateurs. Le roi fit acheter un grand nombre de pièces, entre autres deux vases de porphyre à tête de bélier, au prix de 14,5oo livres ; une coupe

(1) Archives de la Seine, Domaines, carton 125, pièce 3117, loc. cit.
(2) Ces renseignements ont été puisés à des titres de propriété que, tout récemment, M. le vicomte de Polignac a eu la très grande obligeance de nous communiquer.

en jaspe fleuri du prix de 12,000 livres (vendue, en 1865,
31,900 francs) ; etc. « Aujourd'hui, a dit le très regretté
« M. Eugène Müntz, c'est un titre de haute noblesse pour
« toute œuvre d'art que d'être sortie du cabinet du duc
« d'Aumont, et cette origine lui donne autant de prix que la
« valeur d'art proprement dite, qui pour le fini et la distinction
« de la main-d'œuvre, est presque toujours hors ligne » [1].

Ce ne sera pas trop nous écarter de notre sujet, pensons-
nous, que de rappeler succinctement ce qu'est devenue par la
suite cette opulente famille d'Aumont, dont le nom illustre est
resté inséparable de l'hôtel qui l'abrita pendant plus d'un
siècle. Or, après la mort de Louis-Marie-Augustin duc
d'Aumont, c'est son fils aîné, Louis-Marie-Guy d'Aumont qui
hérita du duché-pairie d'Aumont. Né le 5 août 1732, il fut
marié, dès l'âge de quinze ans, à Louise-Jeanne de Durfort-
Duras, duchesse de Mazarin, qui n'avait alors que douze ans,
et qui était fille d'Emmanuel-Félicité duc de Durfort-Duras,
pair et maréchal de France, et de Charlotte-Antoinette de
La Porte, duchesse de Mazarin. Par suite de ce mariage, ce
jeune époux porta l'appellation de duc de Mazarin, jusqu'à
la mort de son père, où il prit le nom de duc d'Aumont,
c'est-à-dire en 1782. Il était maréchal de camp depuis 1762.
Entraîné par les idées du temps, lorsque la Révolution éclata,
il en partagea l'enthousiasme et en adopta les principes. Lors
de la prise de la Bastille le peuple lui offrit par acclamation le
commandement de la garde nationale, mais il ne l'accepta
point, trouvant la charge trop lourde pour lui. Il fut seulement nommé chef de division de cette milice populaire. Le
5 octobre 1789, c'est lui qui conduisit l'avant-garde de la marche
du peuple sur Versailles, pour enlever le roi et le ramener à
Paris. Inquiété pour l'affaire de la fuite de Louis XVI, il quitta

---

[1] *Grande Encyclopédie du XIXᵉ siècle*, voir l'article *Aumont*.

le service en 1793 et se retira dans sa terre de Guiscard[1], où il mourut en 1799. Il ne laissa qu'une fille, Louise-Félicité-Victoire d'Aumont, qui avait épousé, en 1777, Honoré-Charles de Grimaldi, prince de Monaco, dont le prince de Monaco actuel est un arrière-petit-fils[2]. Il se faisait sans doute appeler Jacques d'Aumont, car c'est sous ce nom que les dictionnaires biographiques le présentent[3]. Du reste l'*Almanach royal*, pour l'année 1790, indique bien la rue de Caumartin comme étant l'adresse du duc d'Aumont, pair de France aussi bien que celle du duc d'Aumont, chef de division de la garde nationale[4], et l'on sait qu'il ne pouvait y avoir à la fois qu'un seul duc d'Aumont. Détail particulier, ce bon duc d'Aumont était boiteux, et l'on en riait; aussi ne se montrait-il jamais qu'à cheval lorsqu'il conduisait ses gardes nationaux. Il avait de plus la singulière manie d'affecter les allures, les manières, les bons mots et même le costume de Henri IV.

Après lui, c'est son frère, Louis-Alexandre-Céleste d'Aumont, en faveur de qui le marquisat de Villequier avait été érigé en duché héréditaire, qui prit le nom de duc d'Aumont. Né le 14 août 1736, colonel du régiment de Royal-Pologne en 1760, premier gentilhomme de la chambre et brigadier des armées en 1762, maréchal de camp en 1770, chevalier des ordres en 1777, et lieutenant-général des armées en 1784, il fut aussi gouverneur du pays boulonnais, dont il fut élu député de la noblesse aux Etats généraux de 1789; mais il donna sa démission à la fin de l'année même. Il favorisa la fuite de Louis XVI dans la nuit du 21 juin 1791, émigra

[1] Guiscard, département de l'Oise, arrondissement de Compiègne, chef-lieu de canton.

[2] Paul Potier de Courcy, *Suite de l'Histoire généalogique du P. Anselme*, t. IX, deuxième partie, p. 252.

[3] Voir la *Biographie universelle* de Michaud, la *Nouvelle biographie générale* de Didot, etc.

[4] *Almanach royal* de 1790, p. 149 et 428.

ensuite à Bruxelles, puis accompagna Louis XVIII pendant
tout le temps de son exil, en qualité de premier gentilhomme
de la chambre. Rentré en France avec les alliés, en 1814, il fut
aussitôt nommé pair, mais refusa toute espèce d'emploi, et
mourut deux mois après à son château de Villequier. De son
mariage avec Félicité-Louise Le Tellier de Courtenvaux, il eut
un fils.

Ce fils, Louis-Marie-Céleste d'Aumont de Rochebaron, est
connu sous le nom de duc de Piennes jusqu'en 1799 où il prit
celui de duc de Villequier. Il ne se fit appeler duc d'Aumont
qu'après la mort de son père. Né le 7 septembre 1762, il fut sous-
lieutenant au régiment du Roi à douze ans, colonel en second
du régiment de Durfort-Duras-dragons en 1787, lieutenant-
général et pair de France en 1815, chevalier du Saint-Esprit
en 1820, et mourut le 9 juillet 1831. Comme son oncle, il avait
partagé les idées de la Révolution et fut un ami du duc
d'Orléans ; mais il émigra en 1792. Il eut aussi son heure de
célébrité, lorsque vers la fin des Cent-Jours, il fit pour combattre Napoléon, cette descente sensationnelle sur les côtes de
Normandie, où il se rendit maître, en un clin-d'œil, de Caen et
de Bayeux. Mais c'est par ses goûts excentriques et sa magnifi-
cence qu'il s'est surtout distingué. Avant la Révolution, il était un
des élégants qui donnaient le ton pour les modes, les chevaux
et les équipages. Ses écuries étaient célèbres ; les râteliers
étaient en acajou, les auges en marbre et les croisées en verre
de Bohême. Il a laissé son nom à ce superbe mode d'attelage
à quatre chevaux, appelé *à la d'Aumont*, et où les cochers sont
montés en jockeys. De Madeleine-Henriette de Rochechouart,
fille du comte de Rochechouart-Fuodas, qu'il avait épousée
en 1781, il laissa un fils, Adolphe-Henri-Aimeri, duc d'Aumont,
né à Paris, en 1785 et mort à Nantes en 1848, qui n'eut aussi
qu'un fils, Louis-Marie-Joseph d'Aumont, d'abord duc de
Villequier, puis duc d'Aumont. Ce dernier d'Aumont naquit à

Paris, en 1809; il resta célibataire et se trouvait résident au Caire
(Egypte), en 1876 [1]; en lui s'éteignit la postérité mâle des ducs
d'Aumont, dont le titre ducal est revenu depuis lors aux princes
Grimaldi de Monaco, par suite de leur descendance maternelle,
issue d'une fille d'Aumont, épouse, en 1777, d'un de leurs
ascendants directs, comme nous l'avons rapporté ci-dessus.

*
* *

Pour en revenir à l'hôtel d'Aumont, si nous nous reportons
au souvenir des beaux plafonds de Simon Vouet et de Charles
Le Brun, nous nous rappellerons que Dezallier d'Argenville a
cessé d'en faire mention dans les éditions postérieures de son
Voyage pittoresque de Paris, à partir de 1757 : ce qui nous
avait déjà permis de conjecturer que c'est vers cette année là
que dut avoir lieu la disparition de ces plafonds. Nous en avons
à présent la certitude par la coïncidence de date qui existe
entre la vente de l'hôtel d'Aumont au maître maçon Sandrié
et la suppression que l'auteur du *Voyage pittoresque* a fait subir
à son texte primitif.

Cependant l'hôtel d'Aumont ne fut point démoli ; et quoique
dépouillé de la plupart de ses richesses artistiques, il lui en
restait encore assez pour satisfaire les goûts fastueux d'un
opulent magistrat, aussi bon amateur des belles choses qu'un duc
et pair de France. Dix ans plus tard, en effet, le 6 décembre 1766,
suivant contrat passé devant Lambot et son confrère, notaires
à Paris, Charles Sandrié vendait, moyennant 150,000 livres, à
Pierre Terray, seigneur de Rosières et autres lieux, chevalier,
conseiller du roi en ses conseils, procureur général de
Sa Majesté en la cour des aides, et maître des requêtes

(1) Paul Potier de Courcy, *loc. cit.*, p. 253.

honoraire de son hôtel. Cette vente a été confirmée par sentence de décret volontaire d'adjudication, rendue sans oppositions au Châtelet, le 3 février 1768.

Par les tenants et aboutissants de la propriété, décrits au susdit décret, on remarque que cette vente ne comprend point le *petit hôtel d'Aumont* ni la maison joignante, dite *des Balances*, qui ont leurs entrées sur la rue de la Mortellerie, et que les époux Sandrié s'en sont réservé la propriété. A partir de cette époque, ces deux maisons ont cessé de faire partie de l'hôtel d'Aumont, et la dénomination de *petit hôtel* passera désormais au groupe de bâtiments servant alors de communs et de basse-cour, et qui correspondent aujourd'hui au numéro 5 de la rue de Jouy. Dans le même décret, il n'est plus fait mention également de l'orangerie, jadis si favorable aux expéditions nocturnes de certain prélat amoureux ; mais le jardin y est encore représenté, comme planté de deux allées de marronniers et de plates-bandes de verdure, avec un petit bâtiment dans le fond à droite, contenant une salle de bains accompagnée de petits cabinets, et surmonté d'un réservoir, destiné à alimenter d'eau la fontaine de la grande cour et différents endroits de l'hôtel [1].

Le nouveau propriétaire de l'hôtel d'Aumont, Pierre Terray naquit en 1714. D'anciens titres l'intitulent seigneur de Rosières, Avant, les Ormeaux, Fay, Rigny-la-Nonneuse, Soligny-les-Etangs, Traînel et autres lieux ; ce qui est suffisant pour savoir qu'il était assez riche en terres. Il avait été reçu conseiller au parlement en 1736, maître des requêtes ordinaire de l'hôtel en 1743, et procureur général à la cour des aides en 1749. Le 19 avril 1743, il épousa Renée-Félicité Le Nain, fille de Jean Le Nain, baron d'Asfeld, maître des requêtes ordinaire de l'hôtel du roi, intendant de justice à

[1] Titres de propriété de la Pharmacie Centrale de France, *Décret d'adjudication du 3 février 1768.*

Poitiers, puis en Languedoc[1]. Pierre Terray était frère de
l'abbé Terray, le fameux ministre d'État, contrôleur général
des finances, qu'eut Louis XV pendant les cinq dernières
années de son règne, de 1769 à 1774.

La présence d'un Terray, comme propriétaire, à l'hôtel
d'Aumont, fait naturellement penser à cet étrange ministre,
que ses expédients financiers ont rendu si impopulaire ; si bien
que plusieurs auteurs, le confondant avec son frère, ont placé
ici sa demeure. Mais il est à présent évident que c'est une
erreur. En ce temps-là, l'abbé Terray habitait rue Neuve-des-
Petits-Champs[2]. Si l'hôtel d'Aumont n'a pas eu l'honneur
d'abriter le célèbre ministre des finances, en revanche son
grand salon a du moins servi, le 4 décembre 1771, à la
signature du contrat de mariage de l'illustre Lavoisier, l'un
des fondateurs de la chimie moderne, dont la *Pharmacie
Centrale de France* peut à si bon droit revendiquer le glorieux
patronage.

Lavoisier avait alors vingt-huit ans; il n'y en avait pas
trois qu'il était membre de l'Académie des sciences ; et il n'y
en avait que deux qu'il avait obtenu une charge de fermier-
général, afin de subvenir aux frais onéreux de ses expériences
scientifiques, lorsqu'il devint l'associé et le gendre de son
collègue des fermes, Jacques Paulze, dont la fille, alors âgée
seulement de quatorze ans, était, par sa mère, Claudine
Thoynet, la petite nièce de l'abbé Terray et de Pierre Terray
de Rosières. Claudine Thoynet, qui avait épousé Jacques Paulze
en 1752, était fille d'une sœur de ces deux derniers. Comme
Paulze et l'abbé Terray n'avaient point d'appartements assez
vastes pour recevoir les nombreux invités de la signature du
contrat, M. de Rosières offrit son hôtel pour la circonstance.

(1) Bibl. N^le, Manuscrits, Cabinet des Titres, *Dossiers bleus*, vol. 629 ; — Archives
du département de l'Aube : E 1034, 1045, 1047.
(2) *Almanach royal* des années 1770 à 1784.

De temps immémorial la rue de Jouy ne vit jamais si grande affluence de riches équipages, ni plus brillante compagnie emplir les salons de l'hôtel d'Aumont. Plus de deux cents personnes furent présentes, gentilshommes, savants, hommes d'Etat, fermiers-généraux, dames de la cour, de la finance ou de la bourgeoisie : M. Bertin, ministre secrétaire d'Etat ; M. Trudaine, intendant des finances ; M. de Sartine, lieutenant-général de police ; M. Demars, conseiller à la chambre des comptes ; haut et puissant Jacques-Joseph-Marie Terray, ministre d'Etat, contrôleur-général des finances ; Terray de Rosières ; Montigny, maître des requêtes ; Bouret, Douot, Grimod de la Reynière, Danger, Faventines, Puissant, Gigaut de Crisenoy, de La Hante, Didelot, fermiers-généraux, etc. L'Académie était représentée par d'Alembert, Cassini de Thury, Bernard de Jussieu. Parmi les dames se trouvaient la duchesse de Mortemart, la marquise d'Asfeld, la comtesse d'Amerval, Mme de Chavigny, Mme de Rosières, etc. ; c'était toute une assemblée choisie d'hommes distingués et de femmes élégantes, dont les noms figurent au contrat. Mais, vingt-deux ou vingt-trois ans plus tard, combien de ces heureux du jour devaient se rencontrer sur la route de l'exil, sinon sur la plate-forme de l'échafaud ! Le mariage de Lavoisier fut célébré, peu de jours après, dans la chapelle de l'hôtel du contrôleur-général, rue Neuve-des-Petits-Champs, par le curé de la paroisse de Saint-Roch[1].

Suivant l'inventaire fait après le décès de Pierre Terray de Rosières, le 9 août 1780, par Duclos-Dufresnoy, notaire à Paris, l'hôtel d'Aumont revint pour moitié, à son fils, Antoine-Jean Terray ; et, pour l'autre moitié, à son petit-fils, Amédée de Grégoire de Nozières, par représentation de sa mère, feue Marie-Françoise Terray, fille de Pierre Terray, et épouse de

---

[1] Edouard Grimaux, *Lavoisier, d'après sa correspondance, ses manuscrits et ses papiers de famille*, Paris, 1896, un vol. in-8°, p. 38 et 39.

HÔTEL D'AUMONT. — GRAND SALON, DÉCORÉ PAR CHARLES LE BRUN.

(Cliché J. David.)

feu Vital-Auguste de Grégoire, marquis de Nozières, maréchal
de camp. Mais Antoine-Jean Terray devint bientôt seul
héritier de la succession paternelle, par suite de la mort de
son neveu Amédée de Grégoire, et suivant l'inventaire fait
après le décès de celui-ci, le 21 mars 1781 [1].

Antoine-Jean Terray, chevalier, seigneur de La Motte-
Tilly, Gumery en partie, avait été le légataire de l'abbé
Terray, l'ancien contrôleur général des Finances, et jouissait
ainsi d'une fortune considérable. Il se maria, en 1771, avec
Marie-Nicole Perreney de Grosbois, l'année même où il fut
reçu maître des requêtes ordinaire de l'hôtel. Il fut intendant
de justice, police et finances de la généralité de Montauban,
en 1773 ; puis de Moulins, en 1781 ; il exerçait enfin les
mêmes fonctions à Lyon, depuis 1784, lorsque survint la
Révolution [2]. Malgré sa réputation d'administrateur intègre,
il fut arrêté, avec sa femme, à sa terre de La Motte-Tilly, où
ils s'étaient retirés. Conduits à Paris pour être jugés, ils furent
enfermés à la Conciergerie, puis comparurent devant le
Tribunal Révolutionnaire. Le lendemain matin, 9 floréal an II,
à huit heures, leurs têtes roulaient sur l'échafaud. Ils faisaient
partie d'une fournée de trente-trois condamnés, composée
d'hommes de cour, d'aristocrates, de sans-culottes, et même
d'aristocrates sans-culottes [3]. Le procès-verbal de l'interrogatoire des époux Terray, dont nous reproduisons ci-après la
copie, existe, comme bien d'autres, aux Archives Nationales ;
ils forment ensemble une liasse très volumineuse.

« Cejourd'hui, huit floréal de l'an second de la Répu-

[1] Titres de propriété de la Pharmacie Centrale de France, *Adjudication du 5 prairial, an XI* ; — *Contrat de vente du 10 décembre 1823, passé devant Poisson, notre à Paris.*
[2] La Chesnaye-Desbois, *loc. cit.* ; — Bibl. Nle, Cabinet des Titres, *Dossiers bleus*, n° 629 ; — Michaud, *Biographie universelle.*
[3] H. Wallon, *Histoire du Tribunal révolutionnaire de Paris*, t. III, p. 351.

« blique française une et indivisible, à six heures de
« relevée, nous Claude-Emmanuel Dobsen, juge, président du
« tribunal révolutionnaire établi à Paris par la loi du
« 10 mars 1793, sans aucun recours au tribunal de cassation,
« et encore en vertu des pouvoirs délégués au tribunal par la
« loi du 5 avril de la même année, assisté de B⁴ Josse, duquel
« avons reçu le serment de commis-greffier du tribunal, en
« l'une des salles de l'auditoire, au Palais, et en présence de
« Gilbert Lieudon, substitut, l'accusateur public, avons fait
« amener, de la maison d'arrêt de la Conciergerie, le prévenu,
« auquel avons demandé ses nom, âge, profession, pays et
« demeure.

« A répondu se nommer Antoine-Jean Terray, âgé de
« quarante-quatre ans, ci-devant intendant à Commune
« Affranchie (*Lyon*), et actuellement cultivateur, natif de Paris,
« demeurant à La Motte-Tilly, district de Nogent-sur-Seine,
« département de l'Aube.

« D. — N'avez-vous pas entretenu des intelligences et
« correspondances avec les ennemis de la République, et
« n'avez-vous pas, de complicité avec eux, conspiré contre la
« liberté et la souveraineté du peuple ?

« R. — Non.

« D. — Avez-vous fait choix d'un conseil ?

« R — Avoir choisi le citoyen Chauveau de La Garde.

« Lecture faite du présent interrogatoire, y a persisté et a
« signé avec nous, l'accusateur public, et le commis-greffier.

Signé : « *Terray, Lieudon, B⁴ Josse.* »

« Est de suite comparue la nommée Marie-Nicole Pernet
« (*sic*), femme Terray, âgée de quarante-trois ans, native de
« Dijon, département de la Côte-d'Or, demeurante à La Motte-
« Tilly, département de l'Aube.

« D. — N'avez-vous pas entretenu des intelligences et
« correspondances avec les ennemis de la République, et
« n'avez-vous pas, de complicité avec eux, conspiré contre la
« liberté et la souveraineté du peuple français.

« R. — Non.

« D. — N'avez-vous pas des parents émigrés ?

« R. — Qu'elle n'a point de proches parents émigrés, ni
« son mary.

« D. — Avez-vous fait choix d'un conseil ?

« R. — Avoir choisi le citoyen Chauveau de La Garde.

« Lecture faite du présent interrogatoire, y a persisté et a
« signé avec nous, l'accusateur public et le commis-greffier.

Signé : « *Perreney-Terray, Lieudon, B^d Josse* [1]. »

Il suffisait donc, au pouvoir impitoyable de cette époque,
d'être accusé pour être condamné ! Dix jours après, celui qui
était venu signer son contrat de mariage à l'hôtel d'Aumont,
l'illustre et infortuné Lavoisier, suivi de plusieurs de ses anciens
invités, montait avec eux sur la charrette fatale. Jusqu'au
dernier moment, Lavoisier avait conservé l'espoir d'être sauvé.
Peu de temps avant sa mort il disait à l'astronome Lalande
qu'« il prévoyait qu'on le dépouillerait de tous ses biens, mais
« qu'il travaillerait, qu'il se ferait pharmacien pour vivre ».
Tout fut tenté pour le sauver, mais inutilement. La tête du
grand savant tomba ; c'était le quatrième des vingt-huit
fermiers-généraux qui périrent ce jour-là. Son beau-père
M. Paulze, fut guillotiné le troisième.

Par suite de la condamnation d'Antoine-Jean Terray, ses
biens, ainsi que son hôtel de la rue de Jouy, furent confisqués
et devinrent propriétés nationales ; mais ils furent rendus

(1) Archives Nationales, W. 354, Dossier 737.

l'année suivante à la succession, en vertu d'un arrêté de restitution du bureau du Domaine du 25 fructidor an III [1].

Suivant un jugement rendu à la deuxième section du tribunal de première instance de la Seine, le 23 nivôse an XI, entre les héritiers d'Antoine-Jean Terray, l'ancien hôtel d'Aumont et ses dépendances furent mis en vente aux enchères publiques par licitation. Les héritiers étaient représentés par : 1° Armand-Jérôme Bignon et Mélanie Terray, son épouse, laquelle était héritière pour un quart d'Antoine-Jean Terray, son père ; 2° Hippolyte Terray [2], le frère de la précédente, héritier aussi de son père pour le deuxième quart ; 3° Daniel-Michel Le Peletier, au nom et comme tuteur de ses nièce et neveu, Madeleine-Zoé Le Peletier et Adolphe-Nicolas-Michel Le Peletier, enfants mineurs de feu Etienne-Ferdinand-Michel Le Peletier des Forts et de dame Pauline Terray, son épouse, décédée étant veuve, lesquels sont héritiers aussi, pour le troisième quart, de leur grand-père, Antoine-Jean Terray ; 4° Jean-Claude-Nicolas Perreney, demeurant à Grosbois (Côte-d'Or), tuteur d'Aglaé Terray, sa petite-fille, fille mineure de feu Antoine-Jean Terray et de feue Marie-Nicole Perreney, ses père et mère ; la dite mineure héritière du dernier quart des biens de la dite succession [3].

L'adjudication eut lieu, le 5 prairial an XI, au profit de Thomas-Séverin Dubreuil, propriétaire, moyennant la somme de 82,000 francs. Dans l'acte de cette adjudication, il est rappelé que la propriété a droit à une concession de quatorze

---

(1) Archives du département de la Seine, *Sommier général des propriétés nationales* (an VII à la Restauration), IXᵉ arrondissement : Arsenal, Cité, Fidélité, Fraternité, fᵒ 188.

(2) Hippolyte Terray fut préfet de la Côte-d'Or, de 1814 à 1815 et du Loir-et-Cher, de 1815 à 1819 : voir l'*Almanach royal* de 1814 à 1819 et la *Biographie universelle* de Michaud.

(3) Titres de propriété de la Pharmacie Centrale de France, *Adjudication du 5 prairial, an XI*.

lignes d'eau de la ville de Paris, suivant d'anciens brevets énoncés en un titre du 29 octobre 1733[1].

Le 6 messidor, an XII, Thomas-Séverin Dubreuil revendit la même propriété à Charles-Bernard Mignard, négociant, et Catherine Millot, son épouse, moyennant la somme de 86,441 francs. Dans le contrat de cette vente, le grand et le petit hôtel sont désignés ensemble sous le numéro 6 de l'ancien numérotage des rues, par section et district, institué sous la Révolution. Il y est en outre stipulé que les acquéreurs « seront « tenus d'entretenir le bail fait à l'administration municipale « du neuvième arrondissement (aujourd'hui le quatrième), « suivant un acte passé devant Laudigeois, notaire à Paris, le « 30 vendémiaire an IX, et ce pour le temps qui reste à « courir »[2]. La mairie du neuvième arrondissement occupait auparavant le presbytère de l'église Saint-Jean-en-Grève, désaffectée depuis 1792. Dès lors, les anciens bâtiments de l'hôtel d'Aumont, sont en plein rapport et prennent de la plus-value.

Le 10 avril 1823, M. et Mme Mignard susdits vendirent à leur tour la propriété, moyennant la somme de 300,000 francs, à M. Yon-Frédéric Rondeau, avocat, et Guillaume Breuillard, négociant, qui en passèrent, le même jour, déclaration au profit et pour le compte de M. Jean-Baptiste-Vincent Petit, chef d'institution, demeurant à Paris, rue Geoffroy-Lasnier numéro 25. Sur l'acte de cette vente, l'ancien hôtel d'Aumont est désigné sous les numéros 7 et 9 de la rue de Jouy : le numéro 7 correspondant à l'emplacement du petit hôtel, et le numéro 9 à celui du grand. Dans le même titre, il est encore dit que « les bâtiments de l'hôtel numéroté 7 (actuellement le

---

(1) Titres de propriété de la Pharmacie Centrale de France, *Adjudication du 5 prairial, an XI.*

(2) Idem, *Contrat de vente du 6 messidor, an XII, passé devant Péan de Saint-Gilles, not^{re} à Paris.*

« numéro 5) ont été construits par les vendeurs, il y a dix-sept
« ans, aux lieu et place de ceux qui existaient lors de leur
« acquisition ; ils sont élevés de cinq étages. Cet hôtel est
« séparé de celui numéroté 9 (aujourd'hui le 7) par un bâtiment
« en pierre de taille de deux étages... »[1]. C'est le commencement des transformations modernes de l'hôtel d'Aumont.
A partir de 1824, la mairie du neuvième arrondissement
fut transférée rue Geoffroy-Lasnier, dans l'immeuble même
qu'occupait auparavant l'institution Petit ; devenue mairie du
quatrième arrondissement à partir de l'année 1860, elle y resta
jusqu'en 1868, où elle alla se fixer définitivement dans les
nouveaux bâtiments construits tout exprès, place Baudoyer.

Pendant que la mairie du neuvième arrondissement
évacuait l'hôtel d'Aumont, M. Petit, son nouvel acquéreur, y
transférait l'institution qu'il dirigeait rue Geoffroy-Lasnier, et
qu'avait fondée M. Lefortier, un peu avant 1810, après
la création du lycée Charlemagne. On sait que le lycée
Charlemagne n'a jamais admis d'internes ; mais la plus grande
partie de ses élèves a toujours vécu sous le régime de l'internat
dans des institutions particulières, dont quelques-unes remontent
au commencement du dix-neuvième siècle. Parmi les maisons
de ce genre les plus en renom, outre l'institution Petit, on citait
les institutions : Massin, rue Saint-Gilles ; Favard, à l'hôtel de
Mayenne, rue Saint-Antoine ; Jauffret, à l'hôtel Le Peletier de
Saint-Fargeau, rue de Sévigné ; Verdot, à l'hôtel Carnavalet.
Comme on le voit, la plupart de ces établissements s'étaient
fixés dans les plus belles demeures de notre ancien Marais.

L'énergie de M. Petit, son activité proverbiale, assurèrent
bientôt à son institution une prospérité et des succès qui ne
cessèrent que lorsqu'il mourut, le 21 avril 1858. Il était le
doyen des chefs d'institution de Paris, et officier de l'Université.

---

(1) Titres de propriété de la Pharmacie Centrale de France, *Contrat de vente et déclaration du 10 avril 1823, passé devant Poisson, notaire à Paris.*

On compte parmi ses anciens élèves : Rathery, l'érudit sous-directeur de la Bibliothèque nationale ; Lemaignan, professeur au collège Rollin ; Saint-René-Taillandier, prix d'honneur de philosophie au concours général de 1836 ; Edouard Thierry, de la bibliothèque de l'Arsenal, qui, en même temps qu'il remportait ses dernières nominations au concours général de 1832, publiait ses premières poésies, les *Enfants et les Anges ;* Ad. Guéroult, publiciste ; Paul Meurice, qui acheva ses humanités à Favard ; Lebaigue, professeur de seconde ; Geffroy, professeur d'histoire ; J. Bloch, professeur de lettres à Paris [1] ; puis M. Charles Buchet, le directeur actuel de la *Pharmacie Centrale de France*, qui n'y fit que commencer ses classes.

Afin de s'étendre quelque peu jusque sur la rue des Nonnains d'Hyères et y avoir une entrée commode, M. Petit se rendit adjudicataire d'une maison sise au numéro 21 de cette rue, aux termes d'un jugement de l'audience des criées du tribunal de première instance de la Seine, en date du 24 mars 1827, moyennant le prix principal de 25,050 francs, avec les charges en sus [2]. Point n'est besoin de remonter aux origines de propriété de cette maison ; son passé est entièrement dépourvu d'intérêt. M. Petit la fit démolir aussitôt et fit construire, à la place, la maison qu'on voit aujourd'hui sur le grand passage d'entrée, qui ouvre sur la rue des Nonnains d'Hyères, au numéro 21 [3].

L'ancien hôtel des ducs d'Aumont ne s'était pas autrement accru, lorsque la *Pharmacie Centrale de France* en fit l'acquisition, le 18 octobre 1859, sur les héritiers de M. Petit, lesquels étaient : 1° Mme Petit née Defer de Maisonneuve, sa veuve, usufruitière ; 2° et ses deux enfants, Marie-Gabrielle-

(1) E. de Ménorval, *Les Jésuites de la rue Saint-Antoine,... et le lycée Charlemagne,* Paris, 1872, in-8°, p. 280.

(2) Titres de propriété de la Pharmacie Centrale de France, *Jugement du 24 mars 1827,* Copie, Taillandier, avoué.

(3) Idem, *Contrat de vente du 18 octobre 1859, passé devant Beaufeu et Viefville* not[res] *à Paris.* Copie actuellement déposée chez Me Lefebvre, notaire, 8 [bis], rue de l'Echelle, à Paris.

Julie Petit, épouse de M. John Kelley Snowden, et Jean-Alfred Petit, chacun pour moitié et par indivis [1]. Dans l'acte de vente, la propriété est décrite ainsi :

« La propriété se compose de : 1° Un grand hôtel ayant
« entrée par une porte cochère sur la rue de Jouy et consistant
« en un principal corps, ayant façade sur la rue de Jouy, sur
« laquelle elle porte le numéro 7 ; une cour d'honneur à la
« suite et divers bâtiments, en aile à droite, à gauche et au fond
« de cette cour, ainsi qu'au fond de la cour ci-après désignée.
« 2° Une maison élevée sur l'emplacement de l'ancien petit
« hôtel d'Aumont, ayant entrée par une porte bâtarde sur la
« rue de Jouy, et consistant en un principal corps de bâtiment
« élevé d'un rez-de-chaussée, de quatre étages carrés et d'un
« cinquième étage en mansardes, ayant façade sur la rue de
« Jouy, sur laquelle elle porte le numéro 5 ; une cour à la
« suite, et divers bâtiments à gauche de cette cour, lesquels
« forment enclave dans la propriété voisine. 3° Un bâtiment,
« prenant entrée par la rue des Nonnains d'Hyères, numéro 21,
« de trois étages carrés et d'un quatrième étage en mansardes.
« 4° Un grand jardin planté d'arbres. Au fond de ce jardin, à
« droite, se trouve une porte donnant sur l'impasse d'Aumont
« qui aboutit au numéro 20 de la rue de l'Hôtel-de-Ville, par
« laquelle impasse, les propriétaires de l'immeuble vendu ont
« un droit de passage seulement. »

La superficie totale de l'immeuble est d'environ 5,000 mètres carrés, dont 3,417 pour le jardin.

Dans les charges et conditions énoncées au contrat de vente, on retrouve maintenues de très anciennes servitudes, que nous avons eu déjà l'occasion de signaler, notamment les deux suivantes :

---

[1] Titres de propriété de la Pharmacie Centrale de France, *Contrat de vente du 18 octobre 1859, passé devant Beaufeu et Viefville, notres à Paris.* Copie actuellement déposée chez M° Lefebvre, notaire, 8 bis, rue de l'Echelle, à Paris.

« 1° Une des maisons qui côtoient, par le bout, le jardin
« dépendant dudit hôtel, est tenue de souffrir l'écoulement
« des eaux dudit jardin par un conduit en gouttière,
« en conformité d'un acte passé devant Me Laurent et
« son confrère, notaires à Paris, le 13 février 1680,
« contenant vente par Mre Louis-Marie d'Aumont à François
« Jacquier de ladite maison, dite de la *cour Gencienne*. »

« 2° Les vues qu'avaient alors, sur le jardin dudit hôtel
« d'Aumont, une maison dite *des Balances*, et une autre dite
« *le petit hôtel d'Aumont*, toutes deux situées dans la rue de
« la Mortellerie, doivent rester dans les positions, grandeurs
« et dimensions qu'elles avaient alors, mais fermées, comme
« elles l'étaient, de barreaux de fer maillés dormants, tant que,
« du côté du jardin, il ne sera pas élevé d'édifice contre les
« murs des susdites deux maisons et au droit des dites vues ;
« la faculté de bâtir contre les murs des dites maisons étant
« expressément réservée à l'acquéreur ; .... les dits murs
« restant mitoyens.... »

Les servitudes relatives à l'ancien cul-de-sac ou *impasse
d'Aumont* sont également conservées dans les charges et
conditions dudit contrat de 1859, où il est rappelé et maintenu
qu' « aux termes d'un acte passé devant Me Charlot,
« notaire à Paris, le 28 mai 1841, M. J.-B.-Vincent Petit
« d'une part, et M. Pierre Paturaud, marchand de vin,
« demeurant à Paris, rue des Nonnains d'Hyères, numéro 6*bis*,
« propriétaire de deux maisons situées à Paris, rue de
« l'Hôtel-de-Ville, numéros 18 et 20, et séparées par
« l'impasse d'Aumont, qui appartient à la Ville de Paris, d'autre
« part, ont, au sujet de cette impasse, arrêté entre eux ce qui
« suit : 1° M. Petit consent à laisser subsister à toujours les
« constructions élevées par M. Paturaud sur l'impasse ; 2°
« M. Petit se réserve expressément le droit de passage par
« l'impasse d'Aumont, ainsi que celui d'écoulement des eaux

« et généralement tous les droits qui peuvent exister à son
« profit sur cette impasse, comme étant voie publique. »

Bien que cette impasse, ainsi que nous l'avons rappelé plus
haut, ait été supprimée, comme voie publique, par ordonnance
royale du 4 février 1843, et que son terrain ait été vendu par la
Ville à M. Paturaud, il n'en subsiste pas moins, aux termes
mêmes de cette cession municipale, que les droits de passage et
d'écoulement des eaux appartenant aux autres propriétaires
riverains sont aussi restés maintenus. Rien, depuis lors, n'a été
changé au contrat de 1841.

Pour terminer, disons que la *Pharmacie Centrale de
France*, paya, du prix principal de 560,500 francs, l'acquisition
de l'ancien hôtel des ducs d'Aumont.

*
* *

Ici s'arrête l'histoire de l'hôtel des ducs d'Aumont. Depuis
près d'un demi-siècle qu'il appartient à la *Pharmacie Centrale
de France*, il a fatalement subi les modifications nécessitées par
la destination industrielle et commerciale à laquelle il est
depuis lors affecté. Son beau jardin, qui mesurait en surface un
peu plus d'un arpent, est à présent recouvert de constructions
pour magasins, bureaux, manutentions, laboratoires, salles de
machines, etc., dont nous reparlerons en détail lorsque nous
décrirons les diverses installations de la *Pharmacie Centrale de
France*. Il est vrai que ces transformations n'étaient pas ici sans
précédents. On peut, en effet, se souvenir que, il y a près de
cent ans, des bâtiments de rapport avaient déjà envahi, au
numéro 5 de la rue de Jouy, la place qu'occupèrent autrefois
les maisons du procureur Nicolas de Landelle, puis les communs et la basse-cour de l'hôtel d'Aumont, puis le *petit hôtel*,
après que celui qui donnait sur la rue de la Mortellerie
eût été retranché de l'immeuble en 1768. Mais quant au

grand hôtel proprement dit, qui a remplacé, au numéro 7,
les anciens logis du *Croissant* et de l'*Image Saint-Christophe,*
il est resté, dans son extérieur, à peu près intact, sauf le
bâtiment à droite de la cour d'honneur, qui ne comportait
jadis qu'un rez-de-chaussée; il fut surélevé de deux étages,
vers le temps sans doute de la reconstruction des communs au
numéro 5 ; car ce bâtiment se trouve indiqué, ainsi surélevé,
dans l'acte de vente du 10 décembre 1823, tandis que, dans
le titre du 5 prairial an XI, il est dit qu'il n'est simplement
couronné, au-dessus de ses quatre arcades de rez-de-chaussée,
que d'une plinthe et d'un comble en appentis couvert d'ardoises.
On ne saurait non plus imputer, à la *Pharmacie Centrale de
France,* l'entière responsabilité des transformations intérieures
de l'hôtel d'Aumont, parce qu'elles ont été effectuées, pour la
plupart, bien avant son arrivée. De plus, on voudra bien se
rappeler et tenir compte que, pendant les années qui s'écoulèrent
de 1801 à 1859, les bureaux d'une mairie, puis les salles de
classe d'une institution avaient déjà successivement occupé les
lieux, non sans y laisser les plus déplorables traces de leurs
installations et surtout de leur longue occupation.

Cependant quelques intéressantes épaves de la décoration
intérieure du grand hôtel d'Aumont, restées en place, témoi-
gnent encore de son ancienne splendeur. Ce sont, entre autres,
au rez-de-chaussée, un certain nombre de panneaux de dessus
de porte, peints en grisaille ou en camaïeu. A l'étage, les appartements habités par le Directeur de la *Pharmacie Centrale de
France* ont conservé leurs lambris sculptés et dorés, notamment
dans le grand salon ; et l'on y voit encore les médaillons et les
cartouches de Le Brun, qui encadraient jadis le superbe plafond,
où l'illustre maître avait représenté l'*Apothéose de Romulus.*
Une pièce voisine mérite aussi d'être mentionnée pour ses
magnifiques boiseries en vieux chêne, où des griffons en
bas-relief ornent les dessus de porte : nous voulons parler du

salon de l'appartement qu'occupe depuis de longues années, à titre de locataire, M. l'abbé de Bussy, ancien curé de la paroisse Saint-Gervais ; son frère, M. Louis de Bussy, inspecteur général du génie maritime et membre de l'Institut, tout récemment décédé, vivait avec lui.

Mais, aujourd'hui, ce qu'on aime surtout à constater à l'hôtel d'Aumont, c'est l'attention discrète avec laquelle l'administration de la *Pharmacie Centrale de France* semble avoir voulu ménager l'aspect à la fois si calme et si noble de la cour d'honneur : là, grâce à l'entrée réservée au numéro 21 de la rue des Nonnains-d'Hyères pour les besoins du mouvement commercial, on ne se douterait guère de l'activité et de l'animation qui règnent derrière la belle façade de Mansart, et dont nul écho ne vient troubler dans cette cour silencieuse, les souvenirs endormis du passé.

Jeton de Mme Louise-Jeanne de Durfort-Duras, duchesse de Mazarin, mariée à Louis-Marie-Guy d'Aumont, née le 1er Septembre 1735, décédée le 17 Mars 1781.

IMPRIMÉ

PAR

MAULDE, DOUMENC ET Cie

PARIS

PARIS

IMPRIMERIE MAULDE, DOUMENC ET Cie

144, RUE DE RIVOLI, 144

www.ingramcontent.com/pod-product-compliance
Lightning Source LLC
Chambersburg PA
CBHW060840250626

47162CB00005B/2124